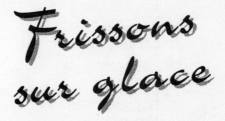

Frissons sur glace

Omar tourna la tête de nouveau vers Karine. Ses yeux brillaient et les larmes inondaient ses joues. Omar aurait voulu tendre la main vers ce beau visage attristé, essuyer les yeux de Karine, puis laisser courir ses doigts dans ses cheveux soyeux et dorés comme les blés.

En voilà des idées ! C'est la blonde de mon meilleur ami ! fit-il, en colère contre lui-même. Alors, il croisa les bras sur sa poitrine, comme pour emprisonner ses émotions dans son cœur.

À paraître bientôt
dans la même collection:

Frissons sur glace

Robyn Turner

Traduit de l'anglais
et adapté pour le Québec
par Lyne Goyette et Jacques Laliberté

Photo de la page couverture: Daniel Ouellette

SMB
jeunesse

Titre original:
Ice Hot!
Copyright © Robyn Turner, 1996
Publié par Scholastic Publications Ltd., Londres

© Les Éditions SMBi inc., 1996, pour la traduction
française
Tous droits réservés

Dépôts légaux: 1er trimestre 1996
Bibliothèque nationale du Québec
Bibliothèque nationale du Canada

ISBN: 2-921884-94-1
(Édition originale: ISBN 0-590-13347-0)

SMBi tient à remercier Suzanne McKenna,
Stéphanie Boucher et Kaisser Haouran de leur pré-
cieuse collaboration.

Diffusion: Diffulivre inc.

Imprimé au Canada

LES ÉDITIONS SMBi INC.
1751, rue Richardson, bureau 2511
Montréal (Québec) H3K 1G6
(514) 931-SMBI

Première partie

1

— Je veux mourir !

Karine Delorme leva la tête, l'air indifférent, en protégeant de la main ses beaux yeux noisette contre le soleil brillant. Elle regarda le beau gars qui venait tout juste de descendre de la Geo Metro bosselée qu'il avait garée en face du café.

Il faisait presque un mètre quatre-vingts (à peu près dix centimètres de plus qu'elle), avait les épaules larges et la taille mince. Sa peau dorée révélait ses origines marocaines. Il portait un chandail ample à manches courtes de l'équipe des Orioles de Baltimore, plus populaires alors que les Expos de Montréal. Un jean troué au genou, des baskets à la mode (couverts de boue comme toujours) complétaient sa tenue vestimentaire. Un sac de sport à bandoulière suspendu à l'épaule laissait supposer qu'il venait de pratiquer une activité physique.

— Pardon, Omar ? interrogea Karine en prenant une petite gorgée de café.

— Je veux mourir ! répéta-t-il en réalisant que sa déclaration dramatique n'avait pas eu l'impact désiré.

— Eh bien, remets ce projet à plus tard. Alexandre Doré n'apprécierait pas que tu ternisses la réputation de son café par un tel scandale.

Elle se tourna alors vers sa compagne, une fille de son âge (environ dix-sept ans), les cheveux noirs, coupés courts. Ses admirables yeux noirs, semblables à ceux d'une bohémienne, se posèrent sur Karine.

— Tu sais, Virginie, certains de ces garçons ne prennent plus goût à rien dans la vie.

Virginie sourit et tira une chaise pour le nouveau venu, qui s'affala en laissant échapper un long soupir d'épuisement.

— Fiche-lui la paix ! s'exclama-t-elle en riant.

Karine se tourna vers le jeune Marocain qui passait ses doigts dans son épaisse chevelure noire. Il avait deux ans de plus que les filles, et, depuis son cinquième secondaire, la rumeur courait qu'il fuyait les histoires sentimentales. Tout ce qui semblait l'intéresser était la pratique des sports. On le trouvait toujours au gymnase le plus proche ou au terrain de soccer. Quand Omar s'entraînait, rien d'autre n'existait.

— Tu t'entraînais pour quoi aujourd'hui, Superman ? demanda Virginie. Le marathon de Boston ou l'ascension du mont Royal ?

Omar grimaça en découvrant une série de solides dents blanches.

— Rien d'aussi facile, j'en ai bien peur. Mais un robuste match de soccer, cinq contre cinq, avec Julien et d'autres gars du coin. Et je suis mort de fatigue, complètement fourbu.

À son tour, Karine fit une moue ironique.

— Je ne vous comprends pas ! Dépenser tant

d'énergie à donner des coups de pied sur une peau de vache dans un parc. Vous ne pensez pas que vous pourriez utiliser vos temps libres à des activités plus intelligentes, non ?

Omar sourit, se pencha vers Karine et lui donna un coup de poing amical dans les côtes.

— Et tu ne comprendras jamais, ma fille, parce que seul un homme peut apprécier ce noble sport.

— Macho ! Tu es bourré de préjugés, Omar. Ce que tu peux ressembler au commun des mortels ! se moqua Karine.

Malgré un bouton au menton qui la faisait pester depuis quelques jours et de longs cheveux blonds qui avaient tendance à friser sur les bouts si elle ne les lavait pas régulièrement, le sourire qui éclairait son visage, à cet instant, en faisait la fille la plus attrayante du café. Karine n'était pas une beauté fatale; sa beauté irradiait de sa simplicité naturelle, de sa personnalité généreuse et affable.

Alors que certaines filles plus belles (et d'autres plus moches, comme Virginie par exemple) passaient des heures à se pomponner pour se mettre en valeur, Karine, elle, se maquillait rarement : à peine un peu de fond de teint à l'occasion. Ses tenues habituelles — des chandails aux couleurs claires et des jeans bien pressés — rehaussaient sa personnalité agréable. Pourtant, ce jour-là, elle portait un joli costume griffé — une petite folie qu'elle s'était permise lors d'un solde, en avril dernier.

— De toute façon, je n'ai pas d'autre chose à faire, répliqua Omar au sarcasme de Karine. J'ai terminé mon cégep et je prends une année sabbatique avant d'entrer à l'université.

Karine grimaça. Encore une année au secondaire avant d'avoir son diplôme : une éternité. Alors, quand elle rencontrait des gars et des filles qui, comme Omar, entreprenaient trois ou quatre années d'études supplémentaires, un frisson d'angoisse la parcourait.

— Et c'est toi qui parles de ceux qui font comme tout le monde, mademoiselle Delorme ! enchaîna Omar. Tout le monde sait que tu veux te dénicher un millionnaire et l'épouser dès que tu auras terminé ton secondaire.

Karine lui fit une grimace.

— Pas question, dit-elle. Je n'ai pas envie de me marier avant des années. Je veux un mariage d'amour, pas d'argent. Ça n'arrivera que lorsque j'aurai un emploi stable. Je ne serai jamais la servante de personne !

— Ne répète jamais cela à Julien, marmonna Virginie.

Mais ni Karine ni Omar de l'entendirent.

— Et puis, je ne suis pas assez intelligente pour aller à l'université. Jamais je ne réussirais les examens...

Omar la fit taire en pressant un doigt sur ses lèvres.

— Ne te déprécie pas comme ça, fit-il sérieusement. Tu dois croire en toi, comme mon père a cru en lui. Lorsqu'il est arrivé au Québec, il était très pauvre. Puis il a rencontré ma mère qui a cru en ses talents. Ils ont travaillé très fort et, maintenant, ils dirigent deux épiceries. Ils font une paire parfaite. Tu peux réussir si tu crois en tes talents.

Virginie fit semblant de bâiller, puis prit une bouchée de son gâteau au chocolat.

— Relaxe, vieux, on est en vacances ! On ne pourrait pas remettre à plus tard ces discussions philosophiques sur le sens de la vie ? Après tout, les vacances, c'est fait pour le plaisir, et pour manger sans compter les calories... et pour devenir amoureuse.

Karine et Omar rirent de Virginie. Elle qui se plaignait sans cesse de ses supposées rondeurs (comme la plupart des filles de son âge) ne se privait jamais des plats engraissants du Café du Port.

— Pour me faire pardonner mon chauvinisme mâle, je vous offre le cappuccino, les filles.

Et, en faisant un clin d'œil amusé à Virginie, il ajouta :

— Un autre morceau de gâteau au chocolat avec ton café ?

Virginie hocha la tête de gauche à droite en signe de protestation.

— Un double espresso, pour moi, fit Karine. Et un tout petit morceau de gâteau. Je compte mes calories !

— *Toi*, tu n'as pas à te préoccuper de ta ligne, dit Virginie en regardant avec envie la taille de guêpe de son amie.

En effet, Karine pouvait manger tout ce qu'elle désirait, rien ne la faisait grossir. Tandis que Virginie, elle, n'avait qu'à regarder une publicité de produits alimentaires à la télé pour prendre du poids. Elle ne serait jamais un super mannequin. Alors, elle s'était convaincue qu'il valait mieux profiter de ce plaisir de la vie, et manger de bons gâteaux.

Virginie leva les yeux et vit un grand gars aux cheveux châtains fermer la portière de son Escort.

De la main, elle lui fit signe de s'approcher.

— Trois cappuccinos et un double espresso, ajouta Omar lorsqu'il vit le nouveau venu.

Puis il disparut à l'intérieur du café.

— Salut, Julien, dit Virginie en se tournant vers le couple qui occupait la table voisine.

Elle leur demanda si elle pouvait disposer de la chaise inoccupée, puis elle la tira et changea de place pour permettre à Julien de s'asseoir près de Karine.

Julien plaqua un baiser amical sur la joue de Virginie, puis il embrassa goulûment Karine sur les lèvres. Il chercha sa main sous la table, la serra fermement et caressa ses doigts. Karine rougit légèrement et détourna la tête. Sans en connaître la raison, les manifestations d'affection que Julien lui prodiguaient en public la mettaient mal à l'aise depuis quelque temps. Pourtant, à Pâques, elle ne s'en était pas plainte. Cette nuit-là après la danse du *party* de l'école, Julien l'avait serrée dans ses bras comme s'il voulait la garder à jamais contre lui. (« Je pensais que tu allais manquer d'air, lui avait lancé Virginie, le lendemain. Mais, de toute façon, qui me dit que tu avais besoin d'oxygène, hein ? »)

Karine observa deux beaux garçons d'origine italienne. Elle les avait vaguement remarqués un peu plus tôt dans la rue; ils s'amusaient à siffler deux filles qui avaient étouffé de petits rires lorsqu'ils s'étaient empressés de les rejoindre. Usant de leur fameux charme latin, ils avaient tenté de les séduire. Tous les quatre semblaient avoir un plaisir fou maintenant. Karine sourit à ce souvenir. L'été s'avérait prometteur !

Elle jeta un coup d'œil à sa montre (une Swatch reçue en cadeau lors de son dernier anniversaire) :

— Tu es en retard d'une demi-heure, Julien, le réprimanda-t-elle gentiment. Est-ce que ton match, comme celui d'Omar, a été plus long que prévu ?

Julien sourit et, abandonnant la main de Karine, fouilla dans la poche de son blouson en jean. Il en tira une cassette qu'il remit à son amie. Karine l'examina : c'était le dernier album des Colocs, un groupe à la mode, le numéro un au palmarès.

Julien aimait plaire à Karine. Il la regardait avec un visage illuminé de ce sourire qui faisait crouler toutes les filles du cégep. Une mèche de cheveux châtains flottait sur son front et ses yeux bleus brillaient comme des étoiles : il était très beau.

— Je suis arrêté au Carrefour pour t'acheter cette cassette après le match; je savais que tu la voulais. Voilà !

Elle l'embrassa sur la joue. Une joue tendre et douce, si différente de celle d'Omar, qui semblait dévorée par une éternelle barbe de trois jours. Bien que certaines de ses amies trouvaient le style de ce dernier dangereusement séduisant, Karine, qui connaissait Omar depuis des lunes, ne le voyait pas de ces yeux-là.

— C'est gentil ! Mais tu ne devrais pas dépenser autant d'argent pour moi.

Julien regimba.

— Qu'est-ce qui se passe ? lui dit-il avec des yeux amoureux. Ce ne sera jamais assez pour toi.

— Ouf ! fit Virginie craignant que les deux tourtereaux ne jouent une grande scène de téléroman devant elle et son gâteau au chocolat.

— De toute façon, tu sais que mon père me donne une allocation beaucoup plus généreuse que celle que les copains reçoivent habituellement. Il tourna les yeux en direction de son Escort et ajouta : Il m'a acheté cette voiture pour mon dix-huitième anniversaire. En fait, mon père a tellement d'argent qu'il ne sait plus quoi en faire.

Karine s'avoua que Julien avait raison. Il habitait une super maison ancestrale du vieux Sainte-Rose avec son père. Ce dernier était un homme d'affaires prospère, propriétaire d'une chaîne de restauration rapide très populaire dans la région. L'allocation hebdomadaire de Julien valait quatre fois celle que sa mère pouvait lui donner en un mois. Toutefois, Karine soupçonnait la générosité du père de Julien comme n'étant qu'un moyen pour se déculpabiliser de son divorce envers son fils.

Depuis le début de leurs fréquentations, il y avait deux ans déjà (elle avait alors quinze ans et lui seize), Julien ne cessait de la gâter en lui offrant des cadeaux de toutes sortes. Au début, Karine avait été flattée par ses largesses, mais elles la rendaient plutôt mal à l'aise depuis un certain temps.

— Tu es vraiment gentil, Julien, répéta-t-elle en lisant les titres des chansons que contenait la cassette. Mais je prévoyais l'acheter moi-même bientôt... Virginie et moi devons aller au Carrefour pour tenter de décrocher un travail de fin de semaine.

14

— Mais tu n'as pas besoin de travailler !

Puis dans un geste protecteur, il lui couvrit l'épaule de son bras.

— J'ai assez d'argent pour défrayer tes dépenses et les miennes à la fois. Et si j'en manque, mon père sera toujours là pour remplir ma poche.

— Ce n'est pas la question... répliqua-t-elle faiblement.

— Quel est le problème alors ?

Il ne comprenait pas ce qui la troublait, mais il était évident que quelque chose ne lui plaisait pas dans sa proposition.

— Ce n'est rien, Julien, répondit-elle en souriant. Merci, j'apprécie beaucoup ton offre.

— Tu me donnes un autre baiser pour me remercier ? susurra-t-il en la couvrant d'un regard langoureux et pétillant de malice.

Karine l'embrassa encore une fois sur la joue. L'air soudain coupable, Julien reprit :

— Mon cadeau... bien... c'est aussi une façon de me faire pardonner...

— Pardonner ? Et pourquoi ? ajouta-t-elle en fronçant les sourcils.

Il jeta un regard penaud autour de lui pour éviter, cette fois-ci, le regard de Karine. À l'intérieur du café, il vit Omar qui, en attendant sa commande, discutait avec une jolie brunette drôlement provocante: Elle portait un chemisier en satin et un jean griffé très moulants.

Ça ne ressemble pas à Omar d'engager ainsi la conversation avec la plus belle fille du café, songea Julien. Mais il se corrigea immédiatement : *C'est-à-dire avec la plus belle fille après Karine.*

— Pardonner ? Pourquoi ? répéta encore Karine.

Il se tourna vers elle.

— Eh bien, parce que je vais te laisser tomber ce soir. Je ne peux pas tenir ma promesse.

Karine pâlit.

— Mais, Julien, tu m'avais promis qu'on irait faire un tour d'auto à la campagne. Puis, avec déception et un peu de colère, elle ajouta : Je voulais bavarder tranquillement avec toi. J'avais pensé m'arrêter dans une brasserie. C'était important, pour moi, parce que...

— Impossible, l'interrompit Julien, un ami de papa vient à la maison ce soir. C'est une personnalité de la faculté de médecine de l'Université de Montréal. Tu sais que je veux faire mon entrée dans cette faculté l'an prochain, si mes notes le permettent. Peut-être que cet homme pourra me donner de précieux conseils.

— Mais c'est dans plus d'un an tout ça, et tu n'as même pas terminé le cégep, protesta-t-elle.

— Cette rencontre est importante pour moi.

Comme une enfant, elle lui fit alors sa plus vilaine moue.

— C'est la deuxième fois en deux semaines que tu te défiles, tu sais ?

— Oui, je le sais. Je regrette, Karine. Mais je me suis fait pardonner, non ?

— Oui, bien sûr. Ma nouvelle blouse est très jolie. Jamais je n'aurais pu me permettre une telle dépense. Mais ce n'est pas tes cadeaux que je veux, c'est *toi*, Julien ! J'en rêvais de cette sortie avec toi, ce soir !

Julien porta sa main au visage de Karine, le tourna vers lui pour qu'elle le regarde dans le fond des yeux.

16

— Je suis vraiment navré.

Et elle vit dans son regard qu'il était sincère.

— Et j'entends bien me reprendre. Peut-être que je pourrais t'acheter la robe que tu as vue l'autre jour dans cette boutique de la rue Saint-Paul, à Montréal. À moins que je ne t'amène dans un grand restaurant...

— Non. Ce soir, c'est moi qui te faisais un cadeau. J'aurais voulu...

— Tu aurais voulu quoi ? dit-il les sourcils froncés.

Karine secoua la tête.

— Ça n'a plus d'importance maintenant, dit-elle avec un triste sourire. J'ai compris : ta carrière, c'est elle qui compte vraiment.

Julien sourit et l'embrassa de nouveau.

— J'apprécie que tu comprennes. Je suis très chanceux de t'avoir comme amie.

Il quitta la table pour aller aider Omar à emporter les cafés.

La fille, qui s'entretenait toujours avec Omar, vit Julien s'approcher d'eux. Elle lui décocha un sourire dévastateur. Puis, les regardant tour à tour, elle donna l'impression de ne pas savoir sur lequel de ces deux beaux garçons elle jetterait son dévolu.

Je ne pourrais pas avoir une chance pareille, pensa Virginie en terminant son gâteau. Elle lança un regard de sympathie à Karine qui, après avoir manifesté de la jalousie envers cette fille, sirotait son café.

— Les hommes, hein ! fit Karine en ironisant. Pourquoi Julien ne pense pas à moi plus souvent ? Mais non, sa carrière passe toujours avant moi !

Virginie prit sa copine par la main.

— Tu sais combien il est difficile d'entrer à la faculté de médecine. Julien consacre toutes les heures que Dieu lui prête à ses études. Mais il a besoin de toute l'aide qui s'offre à lui pour être admis.

— Oui, je sais. Je reconnais que tu as raison, soupira Karine en regardant à l'intérieur du café.

Omar et Julien bavardaient et riaient avec la brunette. Karine estimait que les deux gars s'amusaient un peu trop pour son goût.

— Et puis tu ne peux pas dire qu'il ne se soucie pas de toi; il te gâte tellement avec ses cadeaux... même quand il ne te fait pas de la peine. J'aimerais ça avoir un *chum* comme lui, moi aussi. Puis, réfléchissant, elle ajouta simplement : J'aimerais avoir un gars dans ma vie, c'est tout !

Habituée aux jérémiades de son amie, Karine lui assura en souriant qu'elle rencontrerait l'amour de sa vie un de ces jours : « Au moment où tu t'y attendras le moins ! »

— Ouais, mais avec toute la compétition qu'il y a ici, ce n'est pas pour demain !

— Tu ne devrais pas te déprécier comme ça, dit Karine en reprenant les paroles qu'Omar avait prononcées un peu plus tôt. Tu vaux bien n'importe quelle fille, même celle qui tourne autour d'Omar et de Julien.

— Elle est toute menue, je suis grosse.

— Tu n'es pas grosse !

— Elle porte les vêtements les plus chers en ville, elle est couverte de bijoux. On dirait qu'elle sort du dernier *Elle*, protesta Virginie.

— Virginie, ce n'est pas seulement l'apparence

qui compte. Le plus important, c'est ce que tu es à l'intérieur : ta personnalité, quoi !

— Ouais... mais ça me frustre quand je refuse des invitations pour des *parties* parce que je n'ai pas de *chum* pour m'accompagner. Surtout lorsque je sais que toutes les filles qui s'y rendent sont pendues au bras de leur prince charmant... J'en rage !

— Voyons, Virginie. Quelques-unes de nos amies viennent souvent seules ou avec une copine à nos *parties*. On est presque au XXIe siècle, on n'a plus besoin d'un gars pour nos sorties.

— Hum ! mais nos copines, comme tu dis, elles ont un *chum*. Elles décident tout simplement de sortir en célibataires, enchaîna Virginie. Elles, au moins, elles ont le choix.

— Tu as Omar, lui rappela Karine. Tu aimes qu'il t'accompagne. N'est-ce pas ce que tu me disais la semaine dernière ?

— C'est pas pareil. Omar est mon ami, pas mon *chum* ! Et puis, toutes les filles le savent. Dès que l'on arrive dans un *party*, elles tournent autour de lui comme des abeilles autour d'une fleur, et, moi, je reste en plan.

Karine se tourna vers Omar qui venait les rejoindre avec deux tasses de café à chaque main, tandis qu'au comptoir, Julien continuait sa discussion avec l'aguichante fille. Pendant un instant, Karine oublia sa jalousie et fixa son attention sur Omar qui se concentrait pour ne pas renverser le contenu des tasses. La langue sur la lèvre supérieure, il ressemblait à un petit garçon tentant de réussir une tâche passablement difficile.

— Omar ? appela une fille assise à la terrasse.

Karine sursauta de surprise :

— Comment se faisait-il qu'Omar soit si populaire tout à coup ?

Virginie leva les yeux au ciel : Karine était plus intelligente qu'elle ne le croyait, mais comme elle était bête parfois !

— Au cas où tu ne l'aurais pas remarqué, Karine Delorme, Omar est un des plus beaux gars du coin : des yeux sombres et ténébreux et une carrure à faire mourir n'importe quelle fille. Je le sais parce que j'ai déjà nagé avec lui au centre sportif.

— Je suppose que c'est à cause de tous les sports qu'il pratique, trancha Karine en regardant Omar avancer lentement entre les « siroteurs » de café et les buveurs de bière, debout sur la terrasse. Tu veux dire que toutes les filles le trouvent à leur goût !

Puis elle gloussa lorsque Virginie lui fit un signe affirmatif.

— Moi, pourtant, reprit-elle, quand je le regarde, je revois encore le petit garçon qui venait tout juste d'emménager dans notre rue avec ses parents. Un petit monstre qui se donnait des airs importants lorsqu'il jouait avec moi, et ensuite l'ado sympathique qui venait toujours m'aider à faire mes devoirs. Je ne peux vraiment pas m'imaginer, comme les autres filles, qu'Omar, « le gars de la porte d'en face », est affriolant.

— Omar a son club d'admiratrices. Mais elles ne sont pas chanceuses, dit Virginie.

— Que veux-tu dire ?

— À la fin d'une soirée, on ne voit jamais Omar dans les bras d'une fille dans un coin sombre. Oh, non ! Omar, on le retrouve toujours assis devant la télé avec d'autres gars, une canette de bière à la main, les yeux rivés sur l'écran à suivre un match de hockey, de football ou de base-ball. Il n'est tout simplement pas intéressé par les filles. Ce qui le passionne, c'est le sport, seulement le sport et toujours le sport !

— Elles doivent le détester, gloussa Karine qui considérait Omar d'un autre œil maintenant.

Elle réalisait que, depuis qu'elle sortait avec Julien, elle avait négligé ses amis. Elle ne se souvenait plus de la dernière fois où, seule, elle avait accompagné Omar ou Virginie à un *party*. Pourtant, ils avaient un plaisir fou tous les trois ensemble. Et elle aimait bien l'habitude qu'Omar avait prise de la reconduire chez elle après les *parties* par souci de sécurité. Une fois, quelqu'un avait même suggéré qu'il la raccompagnait seulement pour lui soutirer des baisers. Elle avait alors éclaté de rire : *Omar, m'embrasser ! Voyons donc !*

— J'ai l'impression qu'elles se sont lancé un défi, ajouta Virginie, parce que son attitude ne les empêche pas d'essayer de le séduire. Si on me donnait dix cents à chaque fois qu'une fille me demande de lui organiser une rencontre avec Omar, je n'aurais plus à demander de l'argent à ma mère pour acheter mon billet de 6/49 toutes les semaines !

— Je n'ai pas besoin de billet de loto avec Julien, fit Karine en grimaçant.

Virginie parla de nouveau de Julien.

— Je te le répète : tu es chanceuse.

Karine sourit.

— J'aimerais bien que Julien me laisse payer à

l'occasion.

— Il a beaucoup plus d'argent que toi, lui rappela Virginie. Et il aime tellement t'acheter des choses.

— C'est vrai qu'il me donne beaucoup de cadeaux, surtout ces derniers temps. Mais je souhaiterais être un peu plus indépendante, ne pas devoir compter sans cesse sur lui. Ce serait super s'il me laissait prendre soin de lui pour faire changement. J'ai parfois l'impression qu'il a besoin de moi comme d'un bon prétexte pour dépenser l'argent de son père.

— À cheval donné, il ne faut regarder la bride, répliqua cyniquement Virginie en notant un changement d'humeur chez son amie.

Les lèvres de Karine tremblaient légèrement et son regard révélait de la tristesse.

— C'est la raison pour laquelle la sortie de ce soir était si importante pour moi, reprit Karine. J'avais prévu l'inviter dans un restaurant tout simple, une brasserie peut-être. Pas dans un de ces endroits gastronomiques où il m'amène toujours. Et j'aurais payé l'addition. Vois-tu, Virginie, je voulais mener les choses à ma façon pour une fois.

— À ta façon ? Que veux-tu dire, Karine ?

Mais avant que son amie ne puisse répondre à sa question, Omar arriva avec les boissons. Il déposa maladroitement les tasses sur la table, et quelques gouttes de café se répandirent sur la nappe. Karine sourit en songeant que si Omar prévoyait trouver un travail pendant son année sabbatique, il devrait y penser à deux fois si on lui offrait un emploi de serveur. Il était tellement gauche qu'il ne s'écoulerait pas deux minutes avant qu'il ne vide le contenu d'une assiette dans le cou d'un client.

— Un cappuccino et un double espresso pour les deux plus belles filles du monde ! annonça-t-il avec grandiloquence.

— Menteur ! s'exclama Karine.

— Julien va venir nous retrouver avec les gâteaux.

— Oui, s'il réussit à se séparer de la « maigrichonne ». Cette fille ressemble à une veuve noire voulant s'emparer d'un mâle ! ironisa Virginie.

Elle ne croyait pas si bien dire : Julien et la fille semblaient s'entendre comme larrons en foire.

Omar se retourna rapidement vers Karine.

— Ne l'écoute pas, Karine, ils placotent, c'est tout.

— Ça ne m'inquiète pas.

Le ton de sa voix semblait sincère. Après tout, elle connaissait Julien depuis assez longtemps pour être convaincue qu'il ne partirait pas avec la première venue. Il l'aimait, sinon pourquoi dépenserait-il autant d'argent pour elle ?

— Je crois qu'Omar a peur que tu t'emportes, comme tu l'as fait au *party* de Noël, ajouta Virginie malicieusement.

— Aucun risque !

Un mauvais souvenir : Julien et elle s'étaient rendus à un *party* de Noël, organisé par un étudiant de l'École technique. Au cours de la soirée, une jeune fille ne s'était pas gênée pour racoler Julien de façon plutôt provocante. Julien avait repoussé ses avances... mais Karine avait vu rouge. Seule Virginie était parvenue à la calmer.

— Tu n'aurais pas envie, par hasard, de l'arroser d'un ou deux litres de café ?

— Ça suffit, Virginie ! s'enflamma Karine.

— Navrée.

— Excuse-moi, dit Karine en jouant avec sa cuillère.

Omar lui jeta un regard curieux.

— Tu ne devrais pas t'inquiéter, je la connais. Elle s'appelle Lyne et elle étudie à l'École technique. Je l'ai rencontrée dans des *parties*. C'est une fille correcte.

— Et très excitante, ajouta Virginie. À moins que tu ne t'en sois pas rendu compte !

— Ah, oui ? rétorqua Omar. C'est vrai, elle est attrayante. Je dirais même, frappante.

Le clin d'œil que Virginie fit à Karine semblait dire : « Tu comprends maintenant ce que je voulais dire à propos d'Omar et des filles ! »

— Lyne m'a parlé d'un emploi pour les six prochains mois, reprit Omar. Ça m'intéresse. J'ai besoin de grossir mon compte à la banque avant d'entrer à l'université.

— Formidable, Omar !

Virginie l'étreignit, et Karine le félicita en lui demandant en quoi consistait ce travail.

— Rien d'extraordinaire : serveur dans un casse-croûte.

— Où ? lui demanda-t-elle, anxieuse, car elle le voyait déjà échappant des bouteilles de grands crus ou renversant un chariot débordant de desserts.

— Au Palladium.

— La patinoire ?

— Oui, oui. Ils cherchent quelqu'un pour travailler au casse-croûte.

Karine poussa un soupir de soulagement : Les grands crus et la fine cuisine n'avaient rien à craindre !

— Eh bien, voilà la meilleure nouvelle de la journée ! dit Virginie en applaudissant de joie. Finalement, l'été ne s'annonce pas trop mal.

L'enthousiasme de Virginie était contagieux, et Omar rit de bon cœur avec elle. Puis il posa ses mains sur ses épaules pour la calmer.

— Ne t'emballe pas comme ça, je ne l'ai pas encore décroché, cet emploi ! Mais j'ai un rendez-vous pour une entrevue à la fin de l'après-midi.

— Tu l'auras, c'est certain. Tu es un de mes meilleurs amis, non ?

Virginie croyait que son amitié pour Omar garantissait à celui-ci tous les bienfaits de la terre.

— Je parie qu'ils succomberont à ton charme, lui dit Karine en posant une main sur son bras en guise d'encouragement.

À ce contact, Omar ressentit un grand frisson, comme si Karine lui transmettait son énergie et sa chaleur. Il sourit et la remercia. Puis il se tourna vers Virginie.

— Et toi, pourquoi es-tu si excitée ?

— Eh bien, en tant que membre du personnel, tu pourras nous faire entrer gratuitement à la patinoire, non ?

— Hum ! on verra.

— J'en suis certaine. Virginie poursuivit à voix basse : J'ai vu la vieille sorcière qui dirige la place… Ton regard sensuel va la faire fondre, comme du beurre dans la poêle ! Tu sais, nous aimons patiner, Karine et moi. Puis en faisant un clin d'œil à son amie, elle ajouta : Pense à tous ces hommes qu'on va rencontrer !

Karine ne put s'empêcher de rire. Virginie n'a-
bandonnait jamais la partie; tous les moyens lui
semblaient bons pour se faire un *chum*. Elle allait
répondre à son amie lorsque Julien arriva à leur
table chargé de quatre assiettes du fameux gâteau
au chocolat du Café du Port.

— Tu sembles bien t'entendre avec ta nouvelle
amie ! lui lança Karine en pointant l'index vers
Lyne qui sirotait son Coke, seule au comptoir.

Mais elle vit deux garçons s'avancer vers elle,
comme deux chasseurs à la poursuite de leur
proie. La jeune fille les dévora des yeux semblant
apprécier leurs charmes. Elle leur décocha un
sourire dévastateur.

Julien rougit aux paroles de Karine. Coupable,
il tenta de se défendre :

— Hé ! tu ne penses pas que je...

Parfois Julien prenait les choses trop au
sérieux. D'un geste de la main, Karine l'invita à
s'asseoir.

— Julien, c'était une farce !

Tout de même, pensa Karine, est-ce qu'il
n'avait pas une idée derrière la tête en bavardant
avec cette fille ? Pourquoi avait-il rougi ainsi
lorsqu'elle avait passé son commentaire ? Mais
pour être honnête envers elle-même, elle dut
s'avouer qu'elle avait été beaucoup plus intéressée
par les commérages de Virginie et par la nouvelle
du prochain emploi d'Omar.

Conscient d'une certaine tension entre ses
amis, Omar tenta de détendre l'atmosphère :

— C'est vraiment gentil de la part de Lyne de
m'avoir parlé de ce travail au Palladium, n'est-ce

pas, Julien ?

Julien acquiesça distraitement, pendant que Virginie et Omar attaquaient à belles dents leur part de gâteau. Julien regarda Karine d'un air préoccupé.

— Ne t'inquiète pas, cette fille ne m'intéresse pas du tout. Je ne voulais pas te faire de la peine, je t'aime tellement.

Elle posa ses lèvres sur sa joue.

— Je te crois, Julien. Et je t'aime beaucoup aussi.

Mais, en sirotant son double espresso, Karine se demanda s'ils se disaient vraiment la vérité.

2

Comme Virginie l'avait prédit, Omar décrocha l'emploi au Palladium. Mademoiselle Côté, propriétaire de l'aréna et ancienne patineuse, avait la cinquantaine bien sonnée. Omar sut bien vite que sa nouvelle patronne était une femme qui, malgré une réputation de vieille grincheuse, avait bon cœur.

— J'espère que vous pardonnerez mon sans-gêne, mademoiselle Côté, dit-il en baissant la tête d'un air embarrassé. J'ai quelques amis qui souhaiteraient venir patiner ici, mais ils n'ont pas beaucoup d'argent. Serait-il possible de réduire le prix d'entrée de la moitié pour eux ?

Mademoiselle Côté secoua la tête de façon non équivoque. Pourtant son large sourire, qui aurait sans doute étonné la plupart de ses employés, semblait contredire son geste.

— Impossible, Omar... tes amis pourront entrer gratuitement à la patinoire. Je suis certaine qu'un jeune homme comme toi ne côtoie que des gens distingués et polis, contrairement à ces petits voyous qui envahissent régulièrement l'endroit. C'est mon cadeau de bienvenue !

Omar, qui n'en croyait pas ses oreilles, lui fit son plus beau sourire... Et la « vieille sorcière », comme Virginie l'avait baptisée, sentit ses genoux s'amollir comme de la guenille.

— Je vous ai bien comprise ? répondit-il, incrédule, en se levant pour lui serrer la main. C'est super ! Merci infiniment, mademoiselle Côté.

— Ce n'est rien, Omar.

Elle le regarda : un jeune homme poli, tellement différent des garçons de son âge. Ah ! si elle avait eu trente ans de moins, elle aurait tenté sa chance.

Si Virginie et Karine avaient pu assister à la scène, songea Omar, combien elles auraient ri de voir avec quelle facilité mademoiselle Côté venait de succomber à ses prétendus charmes. « Ta patronne s'est fait prendre aussi facilement qu'un petit poisson des chenaux ! » aurait blagué Virginie.

Mademoiselle Côté se leva et fit signe à Omar de la suivre à l'extérieur de son bureau. Quand elle ouvrit la porte, l'air froid et humide de la patinoire le fit frissonner, et les cris joyeux des patineurs le firent sursauter.

— En dehors de tes heures de travail, tu pourras évidemment profiter gratuitement de la patinoire, toi aussi. À l'exception des matinées où il y a des leçons de patinage artistique.

— Vous êtes bien gentille. Je pratique plusieurs sports, mais je ne patine pas.

— Alors tu devrais apprendre. L'une de nos entraîneuses — et il y a en a de très jolies — pourrait te donner des leçons, chuchota-t-elle avec une certaine malice au fond des yeux.

Il éclata de rire.

— Elle me trouverait pas mal lourdaud; j'ai les deux pieds dans la même bottine en patins !

En lui faisant un petit geste d'adieu, elle lui lança :

— Eh bien, mon offre tient tout même. Si tu as besoin d'autre chose, parle-m'en; je suis certaine que je pourrai t'aider. Et puis, Omar, je ne veux plus que tu me serves du « mademoiselle Côté », je m'appelle Juliette, d'accord ?

— Bien sûr, mademoiselle... pardon, Juliette.

* * *

— Je te l'avais bien dit : comme du beurre dans la poêle ! s'exclama Virginie d'un air suffisant en terminant son plat de sushi.

Karine, Omar et elle s'étaient réunis dans un restaurant à la mode pour fêter le nouvel emploi de leur ami. Omar éclata de rire et s'essuya la bouche avec sa serviette. Karine nota qu'un petit grain de poivre vert avait échappé à son geste. Cela lui donnait l'air coquin d'un jeune garçon.

— Ne me demandez pas ce que j'ai fait, dit-il. Mon expérience des femmes est trop limitée pour l'expliquer. Même avec tous mes « A » en maths, qui, je l'espère, me permettront de balancer ma caisse sans problèmes, je ne parviens pas à comprendre les raisons qui l'ont poussée à nous offrir ce cadeau.

Virginie secoua la tête et plaça une main sur celle d'Omar.

— Omar, des gars comme toi n'ont pas besoin d'expérience.

— Honnêtement, je ne saisis pas bien ce que tu

veux dire. Je suppose que la chance est de mon côté !

Chanceux !... en ce qui concerne les filles, c'est sûr ! songea Virginie. *Elles finissent toutes par se mettre à ses genoux.*

— Bon, assez parlé de moi et de mon travail.

Il se tourna vers Karine, qui tentait nonchalamment de saisir sa dernière boulette de riz à l'aide de baguettes.

— Tu es bien sage, ce soir. Ça va ?

— Quoi ? fit-elle lorsqu'elle se rendit compte qu'Omar s'adressait à elle.

— Comment vas-tu ? lui demanda-t-il à nouveau en la scrutant de ses yeux noirs.

Karine y vit tout l'intérêt qu'il lui portait. Depuis leur plus jeune âge, Omar s'était toujours soucié de ses états d'âme. *Qu'est-ce que je deviendrais sans son amitié ?* Omar n'avait jamais tenté de la dominer, contrairement à Julien. Il tenait toujours compte de ses opinions, alors qu'elle avait parfois l'impression de n'être qu'un bel accessoire pour Julien. Avec Omar, c'était différent, ils parlaient d'égale à égal. De vrais amis, quoi !

— Tu as été distraite toute la soirée, lui dit Virginie.

— Ça va, dit-elle en riant. Je pense, c'est tout.

Mais au fond d'elle-même, une petite voix lui disait le contraire.

— Et tu penses à quoi ? enchaîna Omar.

— Rien de particulier.

— Aux beaux patineurs qui vont nous faire tourner dans leurs bras, lundi prochain ? la taquina Virginie.

Karine rit nerveusement.

— Virginie, tu ne penses qu'aux garçons ! dit-elle sur une note légèrement ironique.

— Non, pas tout à fait, répondit-elle en prenant soudainement un air renfrogné. Mon problème, c'est que les hommes rêvent plus souvent de Claudia Schiffer ou de Mitsou, que de moi.

Pauvre Virginie, sa vie amoureuse la préoccupe toujours autant ! pensa Karine en terminant son repas avec une petite gorgée de saké chaud.

Virginie aimait bien, elle aussi, ce vin de riz japonais, mais le trouvait un peu trop fort pour son goût. Quant à Omar, il avait repoussé son verre de bière à moitié plein et se contentait de boire de l'eau.

— Merci beaucoup pour l'invitation à cette petite fête, dit Karine. C'était très agréable, en fait beaucoup mieux que d'être seule toute la soirée à regarder la télévision.

— Les amis, on ne les laisse pas tomber ! Virginie m'a dit combien tu désirais sortir avec Julien, ce soir. Étant donné les circonstances, c'est bien le moins que nous puissions faire.

Puis il fit un signe à la serveuse pour qu'elle lui apporte l'addition.

— Laisse-moi payer, Omar. Prends ça comme un remerciement de ma part, dit Karine en étirant le bras pour prendre son sac à main.

Omar secoua la tête de gauche à droite.

— Je ne veux pas que tu paies pour tout comme le ferait Julien, protesta Karine.

Omar hochait toujours la tête.

— Pour qui me prends-tu ? Mes poches ne débordent pas d'argent ! s'exclama-t-il en faisant semblant d'être en colère. On divise, O.K. ?

— Ouuuii ! chacun sa part, s'écria Virginie.

Insulté, Omar se tourna vers elle en lui faisant de gros yeux.

— Tu me prends pour un fou, Virginie Cartier ! Toi et Karine avez pris des plats plus chers que les miens : le vin par exemple. Et tu avais choisi le... (il s'empara du menu, puis tenta de prononcer des mots étranges) ...*hamaguri ushiojiru* !

— Le quoi ?

— La crème aux palourdes... enfin, quelque chose du genre.

— J'ai commandé ça ? demanda Virginie.

— Non, c'est moi, dit Karine en prenant l'addition.

Puis elle sortit un crayon de son sac.

— Maintenant, on va procéder avec méthode. Omar, tu as bien commandé les algues ?

Il répondit par l'affirmative, mais ajouta aussitôt :

— Mais Virginie et toi m'en avez volé au moins la moitié. Vous devez donc en payer chacune le quart.

— Oh ! mais j'y pense : tu as goûté à une de mes boulettes de riz, rétorqua Virginie.

— Seulement une ! riposta-t-il.

— J'en avais six dans mon assiette, donc tu paieras le sixième.

— Ça devient compliqué, commenta Karine.

Même s'il était agaçant que Julien paie toujours tout, Karine conclut que c'était tout de même beaucoup plus simple.

— Non, ça devient ridicule, rectifia Virginie.

Elle se tourna vers Karine et lui lança en riant :

— C'est drôle comme notre Omar national peut être macho lorsqu'il parle de soccer, mais que quand vient le temps de payer, il croit à l'égalité totale des sexes !

— Vous avez changé ma façon traditionnelle et démodée de voir la vie, les filles, déclara-t-il solennellement, la main sur le cœur.

— Tu ne serais pas plutôt soucieux au sujet de ton compte à la banque ? ironisa Karine.

— C'est un fait, admit-il. On est tous fauchés et on n'a pas de papas riches comme celui de Julien. Tous les trois, nous sommes égaux !

Karine acquiesça.

— Laissez-moi donc payer. Si j'étais sortie avec Julien, ce soir, c'est ce que j'aurais fait.

La serveuse, qui ramassait les billets et la monnaie, leva les yeux sur Karine.

— Pas question, l'interrompit Omar. Je n'aime pas dépendre des autres. L'égalité, voilà ce qui importe !

Karine marmonna entre ses dents :

— Je suis d'accord avec toi.

Omar et Virginie n'eurent pas le temps de lui demander des explications, car une belle fille s'était approchée. C'était Lyne, la fille qu'Omar avait rencontrée plus tôt dans la journée, au Café du Port. Sa bande, une dizaine de garçons et de filles de belle apparence et habillés à la dernière mode, envahissait le restaurant.

— Je n'aurais jamais pensé te rencontrer ici, dit-elle à Omar.

— Salut, Lyne, dit Omar en souriant.

Omar lui présenta ses amies. Elle les salua d'un petit signe de tête distrait, et retourna son attention sur Omar. Lyne portait ce soir une blouse et un pantalon en cuir : elle avait beaucoup de chic.

Des vêtements que je ne pourrai sans doute jamais me permettre, pensa Karine en regardant Virginie.

Omar glissa un regard vers ses copines. Il semblait chercher de l'aide : Hé ! comment un gars doit-il réagir dans une telle situation ?

Sans ambages et sur un ton provocateur, Lyne demanda à Omar où se trouvait son copain :

— Tu sais, le super beau châtain sexy !

Omar, quelque peu paniqué, se tourna vers Karine qui souriait à Lyne avec toute la douceur d'un crocodile face à son repas. Comment cette fille peut-elle avoir le front de me faire ça à moi, la blonde de Julien ?

— Mon *chum* est chez lui. Il prépare son avenir, intervint Karine en fronçant les sourcils.

— Tu dois être contente de sortir avec lui. C'est sans doute la meilleure chose qui pouvait t'arriver, Virginie ! lâcha Lyne en toisant Karine de bas en haut, comme si elle évaluait une rivale.

Son intention de la blesser était évidente, mais Karine conserva son sang-froid. Pourtant, elle avait envie de lui répondre du tac au tac : *C'est la meilleure chose qui pouvait lui arriver, à lui !* Elle se contenta cependant de mettre les points sur les I :

— Virginie, c'est elle, dit-elle en pointant le menton vers son amie. Moi, mon nom, c'est Karine.

Lyne regarda Virginie et Karine tour à tour, comme si elle les comparait.

— Naturellement, comme c'est idiot de ma

part. Comment pourrais-je vous confondre ? Vous êtes tellement différentes l'une de l'autre. Après tout, Karine, tu es tellement mince.

Virginie vit rouge. Mais Lyne, qui s'était déjà retournée vers Omar, ne sembla pas s'inquiéter de la colère des deux filles. Son attitude cavalière laissait d'ailleurs à penser qu'elle avait l'habitude d'écraser toutes les filles qui osaient se mettre sur la route de ses conquêtes. Julien absent, elle jetait son dévolu sur Omar. Karine et Virginie venaient de tomber sur une rivale qui n'avait pas froid aux yeux.

— As-tu décroché l'emploi ?

Dès qu'Omar répondit, elle poussa un cri de joie, sauta à son cou, lui donna un petit baiser sur la joue, puis l'embrassa bien fort sur les lèvres. Omar se cala au fond de sa chaise, ahuri par la démonstration d'affection imprévue de cette fille.

Témoins de la folle réaction de Lyne, Karine et Virginie grimacèrent. Malgré l'antipathie naturelle qu'elles éprouvaient pour cette fille, elles ne pouvaient s'empêcher de ressentir une certaine admiration devant sa spontanéité. Ni l'une ni l'autre n'auraient osé poser un tel geste, surtout pas envers un garçon rencontré à peine quelques heures plus tôt.

— J'en étais certaine ! déclara-t-elle sans détour. Comment Juliette aurait-elle pu se passer des services d'un si beau gars ? J'espère que l'on se verra plus souvent.

— Certainement !

En essayant de garder le ton le plus neutre possible, Omar ajouta :

— Tu sais, je serai passablement occupé : ce

nouveau travail, le sport et mon conditionnement physique au gymnase...

Les yeux verts de Lyne pétillèrent de malice.

— Je sais tout ça !

Elle palpa le bras d'Omar. Elle sentit les muscles sous sa chemise de coton.

— J'aime bien les hommes musclés, j'aime les hommes qui prennent soin de leur corps !

Le regard qu'échangèrent Karine et Virginie en disait long : Ça existe, des filles comme ça ?

Omar, pour sa part, commençait à être réellement embarrassé par ses taquineries. Lyne perçut son malaise; elle lâcha son bras, comme si tout à coup, il lui brûlait la main.

— On se verra tout de même beaucoup plus souvent, dit-elle sur un ton plus posé. Je travaille de temps en temps au Palladium. Et puis, Juliette, la patronne, eh bien... c'est ma tante !

Il me semblait bien qu'elle me rappelait quelqu'un ! Eh ! mais c'est qu'elle a des airs de famille avec la vieille sorcière ! songea méchamment Virginie.

— Je vais patiner tous les jours, leur lança-t-elle en paradant pour qu'ils puissent admirer la fermeté de son corps. C'est important de garder la forme, continua Lyne. Je ne me laisse pas aller comme certaines filles.

Cette remarque désobligeante ne visait ni Karine ni Omar, mais Virginie, déjà tellement complexée par sa taille. Visiblement, elle avait utilisé une arme efficace pour s'attaquer à leur amie. Si les yeux de cette dernière avaient été des poignards, Lyne serait morte sur-le-champ. Puis, prenant un air innocent, Lyne se tourna vers Omar.

— Mes amis sont assis à la table, là-bas, dit-elle en les saluant de la main. Viens, je vais te les présenter. Tu te passeras bien de tes copines pendant un petit moment, n'est-ce pas ?

Lyne ne lui laissa pas le temps de répondre. Elle le tira de sa chaise et l'entraîna vers sa bande. Virginie fulminait :

— O.K., Omar, ne t'inquiète pas pour nous.

— Excuse-moi, Virginie, dit-il avec sincérité. Je vais seulement les saluer et je reviens immédiatement.

— Ça ne sera pas long, Omar, lui assura Lyne.

Virginie ajouta d'un air détaché :

— As-tu bien programmé ton vidéo, Omar ?

Karine la regarda avec surprise, car elle se demandait ce que Virginie voulait dire par là.

— Mon vidéo ? questionna Omar.

Il blêmit en songeant que ce serait la première fois qu'il aurait oublié de programmer son magnétoscope pour enregistrer une émission spéciale à la télévision.

— Tu ne savais pas que RDS diffuse une émission de trois heures sur ton joueur de soccer favori, ton plus grand héros ?

— Non, répondit Omar.

Pourtant, il avait l'habitude d'encercler au crayon rouge dans son *Télé Plus* toutes les émissions sportives qui l'intéressaient.

— Changement d'horaire, dit Virginie placidement.

— Oublie cette émission, Omar. Ce joueur, c'est seulement un petit bonhomme qui s'amuse à jouer au ballon, le supplia Lyne en tentant de l'entraîner vers la table où dix paires d'yeux les regardaient.

— Je ne peux pas manquer ça, c'est le meilleur joueur de la décennie, affirma Omar.

Lyne, qui ne voulait pas accepter la défaite, lui répondit :

— Demande à tes parents de l'enregistrer.

— Impossible, riposta Karine qui comprenait maintenant la manigance de Virginie et qui jouissait de l'indignation apparaissant sur le visage de Lyne. Ils ont deux magasins et ils ne seront pas de retour à la maison avant minuit, poursuivit-elle, jouant le jeu de son amie.

— Bon Dieu ! répliqua Lyne visiblement irritée, c'est juste du soccer, après tout !

Oups ! on ne s'attaque pas au soccer de cette façon, surtout pas en présence d'Omar. Brusquement, il se détacha de Lyne, regarda sa montre et calcula qu'en se hâtant, il pourrait arriver à la maison à temps pour regarder son émission.

— Bon, ça m'a fait plaisir de te revoir, Lyne. Mais je dois absolument partir. On se verra à la patinoire. À lundi !

— Mais...

Omar se tourna vers ses amies et les embrassa sur la joue.

— Merci de m'avoir rafraîchi la mémoire, vous êtes de vraies *chums*. Content et soulagé d'échapper aux griffes de cette fille, il ajouta sur un ton joyeux : À bientôt, les filles !

Sur ce, il saisit son blouson de cuir suspendu au dossier de sa chaise, et pressa le pas vers la sortie. Lyne, qui fulminait, jeta un regard courroucé aux deux filles.

— Tu sais comment sont les gars à cet âge ! ironisa Karine.

— Fous des sports, ajouta Virginie. Pas le temps pour autre chose, surtout pas pour les filles !

Lyne leur lança un regard menaçant, puis, sans ajouter un mot, elle se dirigea vers la table où sa bande l'attendait.

— Tu as été extraordinaire, Virginie !

— Pas mal, hein ! En tous cas, Omar est sain et sauf. J'ai cru qu'elle n'en ferait qu'une bouchée, pouffa-t-elle.

— Une chance qu'il avait oublié cette émission.

— Il n'a pas pu oublier, Karine, parce que j'ai tout inventé pour le sauver de l'enfer, rigola Virginie.

Éclatant de rire à son tour, Karine ajouta :

— Attention à ta santé, ma vieille, parce que lorsqu'il découvrira le pot aux roses...

— Ouais, mais il me remerciera peut-être aussi pour avoir empêché la « veuve noire » de lui mettre le grappin dessus !

— Tu as vu la façon dont elle l'a traité ! Elle pensait sans doute qu'elle ferait encore un crochet dans son carnet de conquêtes.

Virginie lui rappela alors combien leur copain était exceptionnellement beau.

— Hum ! répondit Karine, songeuse. Je pense que tu as raison.

— Mon petit doigt me dit que tu viens seulement de t'en rendre compte.

— Omar n'a jamais vraiment eu de blonde, n'est-ce pas ? Comment ça se fait ?

Virginie haussa les épaules.

— Il ne m'en a jamais parlé. Je suppose que ses études et le sport l'ont toujours tenu trop occupé.

Il y a pas que lui qui soit comme ça... Quel gaspillage !

— Il doit tout de même s'apercevoir que les filles lui tournent autour, non ?

— Bah ! les gens très beaux sont souvent comme ça : ils n'imaginent pas à quel point ils sont attirants.

— Certainement pas tous, ajouta Karine en jetant un coup d'œil à la table de Lyne. Peux-tu bien m'expliquer de quel droit elle se permet de bousculer tout le monde pour posséder tous les gars qu'elle désire ?

Virginie regarda curieusement son amie.

— Tu sembles bouleversée. Pourtant, Omar n'est pas ton *chum* ? Cet après-midi, tu n'as pas réagi de cette façon lorsqu'elle parlait à Julien, au Café du Port.

— C'est probablement à cause du saké, répliqua Karine un peu sèchement.

— Tu sais, avant l'arrivée de Lyne, tu disais ne plus vouloir dépendre de personne désormais. Puis pesant bien ses paroles, elle lui demanda : Pensais-tu à Julien en disant cela ?

Karine regarda son amie dans les yeux, puis sourit.

— Je pense que tu me connais depuis trop longtemps.

— Eh oui, toi, Omar et moi, nous vivons dans le même coin depuis notre enfance. J'en ai vu des problèmes, des petits et des gros.

Sans réfléchir, Karine répondit :

— Ce n'est pas un problème. Seulement, Julien en fait trop pour moi : il m'envoie des petits cadeaux, s'assure que je vais bien, et...

— ... et il t'a laissée tomber ce soir !

— Et, demain, il va probablement me donner un petit quelque chose pour me voir sourire, ajouta Karine.

— Il est vraiment gentil, hein ?

— Oui, mais il ne me laisse jamais faire ce que je veux. Il est toujours présent quand j'ai besoin de lui. Mais, lui, quand a-t-il besoin de moi ? Quand me permet-il de l'aider ? Parfois son comportement m'étouffe. Quand j'ai le courage de...

Elle s'arrêta.

— De quoi ? lui demanda Virginie doucement.

Elle secoua la tête.

— Ça n'a pas d'importance.

Elle jeta un nouveau coup d'œil à la table de Lyne, et la regarda avec jalousie.

— On s'en va, O.K. ?

Puis elle ajouta sur un ton plus gai :

— En route, on appellera Omar pour lui avouer le tour qu'on lui a joué.

— Bonne idée.

En suivant Karine vers la sortie du restaurant, Virginie se demanda ce qui pouvait bien se passer dans la tête de son amie. Elle se souvint de la conversation de Karine et de Julien, au Café du Port, puis passa en revue tous les cadeaux qu'il lui avait offerts ces derniers temps. Julien n'essayait-il pas d'alléger sa conscience en agissant ainsi ?

Karine avait semblé surprise lorsqu'elle lui avait fait remarquer la beauté d'Omar. Elle se rappela aussi combien son amie avait été ennuyée par l'intrusion de Lyne, ce soir. Karine serait-elle jalouse ? Pourquoi sa sortie avec Julien était-elle si importante ? Pourquoi ne se confiait-elle pas à elle, sa meilleure amie ?

Elles hélèrent un taxi pour rentrer à la maison.

Deux et deux font cinq...Virginie Cartier, tu lis trop de romans à l'eau de rose ! se réprimanda-t-elle.

Jamais avant dans sa vie, Virginie ne s'était-elle autant trompée. Karine et elle allaient bientôt découvrir que deux et deux font réellement quatre.

3

— Le super beau châtain sexy ? répéta Julien qui n'en croyait pas ses oreilles, alors qu'il quittait le vestiaire du gymnase en compagnie d'Omar.

— Eh oui ! ce sont ses propres paroles. Elle semblait vraiment déçue de ne pas te voir au restaurant, hier soir.

— Je devais rencontrer cet ami de mon père.

— Et puis ? Est-ce qu'il t'a bien conseillé au sujet de ton entrée à la faculté ? demanda Omar au moment où ils croisaient dans l'escalier une très jolie rousse vêtue d'une combinaison en Lycra.

— Excuse-moi, Omar, dit Julien en détachant ses yeux de la fille. Que disais-tu ?

Omar répéta sa question en souriant.

— Oui, oui, reprit Julien en rougissant. En fait, le médecin n'est pas venu à la maison : il a été retenu à l'hôpital toute la soirée par une urgence.

— Ah bon ! alors pourquoi n'es-tu pas venu nous rejoindre au restaurant ? Tu savais pourtant que Karine nous accompagnait, Virginie et moi. Ou mieux, pourquoi n'es-tu pas sorti avec Karine, comme elle le souhaitait ?

Julien regarda fixement devant lui pour éviter

le regard d'Omar.

— Honnêtement, je n'en avais pas envie. C'est tout.

Un peu piteux, il ajouta :

— Je préférais passer une soirée tranquille au...

Omar prit Julien par le bras et le força à le regarder en face.

— Karine avait vraiment de la peine, hier soir. Elle s'était fait une fête de t'inviter au restaurant.

— Je ne la comprends pas, c'est beaucoup plus facile pour moi de payer pour nos sorties.

Un léger tic nerveux agita le coin de la bouche de Julien.

— C'était important pour elle, poursuivit Omar. Et puis si tu étais trop fatigué pour sortir, tu aurais au moins pu lui téléphoner pour t'excuser.

— Je sais, je sais. Puis il ajouta après une longue pause : Écoute, Omar, je voulais simplement passer la soirée seul, pour faire changement.

Omar frémit, la pression de sa main se fit plus forte sur le bras de son ami.

— Pas de problème. Mais, entre nous, ce n'est pas vrai cette histoire de rendez-vous avec cet ami de ton père, n'est-ce pas ?

Julien devint écarlate.

— M'accuses-tu de mentir ? Crois-tu que je trompe Karine ? dit-il un peu en colère.

— Oublie ça, Julien.

Et Omar lâcha son bras. De toute évidence, le comportement de Julien supposait qu'il disait la vérité.

— Ce ne sont pas mes affaires, Karine n'est pas ma blonde.

— Tu as raison sur toute la ligne, lui répondit

Julien en serrant les dents.

Omar était sans doute son meilleur copain, mais ça ne lui donnait pas le droit de se mêler de sa vie privée. Oui, il était à la maison, hier soir. Mais Omar ne saurait pas s'il avait d'autres filles que Karine dans sa vie : ça ne le regardait tout simplement pas.

— Ne te mêle pas de mes histoires, O.K. ?

— D'accord, mais ne t'avise pas de la faire souffrir, le prévint Omar.

Les yeux de Julien brillèrent étrangement. Il siffla entre ses dents :

— Qu'est-ce que cela peut bien te faire ?

— D'accord, Karine est ta blonde, mais c'est aussi ma copine, répliqua Omar, surpris de la rage de Julien, et de sa propre colère. Karine et moi, on se connaît depuis des années. On s'aime bien. C'est tout.

Julien prit quelques bonnes inspirations pour contrôler sa colère.

— Je sais qu'elle est une bonne amie pour toi. Je comprends.

— Je ne veux pas la savoir malheureuse, poursuivit Omar en observant Julien avec suspicion.

C'est avec un léger trémolo dans la voix que Julien se défendit :

— Pourquoi lui ferais-je du mal ? C'est ma blonde depuis deux ans. Je l'aime et elle m'aime.

— O.K., Julien, oublie mes questions. Amis ?

Quelque peu rassuré, Omar tendit la main à son copain.

— Amis, répondit Julien en serrant la main d'Omar. Mais on garde cette conversation pour nous, O.K. ? Je te promets que je ne tromperai jamais Karine. De plus, si elle découvre que je suis resté chez moi hier soir, elle va se mettre toutes sortes d'idées dans la tête. Tu sais comment elle réagit parfois.

Exactement ce qui m'est passé par la tête il y a quelques instants, songea Omar. Toutefois, convaincu de la sincérité de Julien, il accepta de ne ne rien dire. Mais, un samedi soir... alors que Karine — une des filles les plus intéressantes qu'Omar connaissait — l'avait invité à un tête-à-tête, Julien avait préféré rester seul, et regarder la télévision ! Plusieurs de ses amis auraient sauté sur l'occasion de sortir avec Karine, parce qu'ils la trouvaient attirante. Attirante ! Karine ? Lui, il ne percevait ce genre d'attrait chez sa copine d'enfance. En ce qui le concernait, Karine était seulement une... de ses meilleures amies !

Satisfait de lui-même, Julien donna une tape dans le dos d'Omar.

— Il faut savoir manipuler les femmes avec doigté, autrement elles s'emportent, et c'est toute une histoire pour leur faire entendre raison.

Omar sourit d'un air embarrassé. Puis il lança sur un ton gai :

— Je me prosterne devant ta grande expérience des choses de la vie.

Julien se rengorgea comme un homme du monde. Pourtant, à dix-sept ans, sa connaissance des femmes se résumait à une seule : Karine.

— Tu comprendras, vieux, quand tu sortiras avec une fille !

— Pas grand-chance en ce moment, répondit Omar avec tristesse.

Julien s'arrêta à nouveau dans l'escalier, saisi

par la beauté d'une blonde vêtue d'un cuissard et d'un t-shirt trempé de sueur.

— Voyons, Omar, elles font la queue pour sortir avec toi. Justement, l'autre jour, Claire Petit me disait qu'elle n'avait d'yeux que pour toi. Elle m'a même demandé d'organiser une sortie à quatre : Karine et moi, elle et toi.

— Elle t'a demandé ça ?

Omar la connaissant bien. Claire était une belle fille, mais plutôt du genre effacé. Depuis deux ans, ils étudiaient leurs maths ensemble. Il n'aurait jamais cru qu'elle puisse avoir un faible pour lui.

— Eh oui, tu es un homme populaire !

— Pas autant que toi, j'en suis convaincu.

Omar regretta immédiatement ses paroles. Si vraiment Julien trompait Karine — comme il le redoutait — ce n'était pas de ses affaires. À moins que si ? pensa-t-il.

Julien préféra faire le sourd. Son attitude intrigua Omar : Il se sent coupable ou quoi ?

— Que veux-tu dire Omar par « pas grand-chance en ce moment » ?

— Mon père et ma mère sont très sévères.

Julien secoua la tête. La seule fois où il avait rencontré les parents d'Omar, c'était lorsqu'il était passé prendre son copain pour l'emmener à un *party*. Il se souvenait qu'ils avaient désapprouvé les six canettes de bière qu'Omar apportait ce soir-là.

— Et ça te dérange !

— Non, pas trop. Mais ils sont encore trop attachés à leur culture, alors que moi, je me considère comme un véritable Québécois, et non pas comme un Marocain. Tu ne me croiras pas, mais ils ont les yeux sur une fille qu'ils voudraient que j'épouse.

— Un mariage arrangé ! s'exclama Julien avec sympathie. Tu ne vas pas accepter ça, non ?

— Pas question ! Je veux choisir moi-même ma femme.

— J'ai entendu dire que certains de ces mariages ne sont pas si mal; le gars et la fille finissent souvent par devenir amoureux après un moment de vie à deux.

— C'est vrai. Mais moi, je veux aimer la personne de mon choix avant le mariage.

— Bon, tes parents vont sans doute te contrarier, ils le font tous, qu'ils soient Canadiens, Italiens ou Haïtiens.

— Le problème, c'est que, Atika Cherkaoui, c'est son nom, est la fille d'un ami de mon père. Une bien bonne fille d'une famille respectable.

— Si je ne me trompe pas, beaucoup de Marocains refusent aujourd'hui d'épouser une personne choisie par leurs parents. Les traditions, c'est bien beau, mais les temps changent. Tu vas peut-être te mettre ton père à dos pour un certain temps, et ce Cherkaoui te rayera sans doute de sa liste de cartes de Noël pendant deux ou trois ans, et puis ?

Omar reprit en le taquinant :

— Nous sommes musulmans; nous n'envoyons pas de cartes de Noël.

Julien faillit s'étouffer de rire. Quelques secondes plus tard, il murmura :

— Ils ne t'ont jamais empêché de participer à nos *parties* de Noël, non ? Sérieusement, ils sont capables d'encaisser le coup. Tu dois écouter tes sentiments, et mener ta vie à ta guise.

Après une courte pause, il ajouta avec une note de regret dans la voix :

— En autant que ça ne blesse personne, naturellement.

— Si ce n'était que cela, ça ne serait pas si mal. Après tout, je torture mon père depuis des années parce que je ne respecte pas les traditions du Livre. Mais, il y a une autre complication.

Julien rit et lui donna encore une tape amicale dans le dos.

— Il y en aura toujours, mon vieux.

— Monsieur Cherkaoui est un homme d'affaires très prospère. Il a laissé entendre à mon père qu'il serait prêt à investir une somme d'argent importante dans ses deux magasins si...

— Oh, oh ! je vois le problème, maintenant. Tu laisses tomber la fille, et ton père peut faire une croix sur ses projets de développement.

— C'est à peu près ça, oui.

— As-tu déjà rencontré la fille ?

— Je l'ai vue en photos seulement. Son père la fera venir bientôt au Québec, pour la présenter à mes parents... et à moi.

— Alors ?

— Elle est belle, très belle même. En d'autres circonstances, elle aurait pu m'intéresser. De toute façon, pour moi, le sport est plus important que les filles.

— Tu ne voudrais tout de même pas l'épouser ?

— Non, surtout pas maintenant... et peu importe le prix à payer.

Julien fronça les sourcils.

— Que veux-tu dire par « pas maintenant » ?

Omar sourit et proposa à Julien de changer de

sujet. Ils arrivaient à la cafétéria du centre sportif où ils avaient donné rendez-vous à Karine et à Virginie.

— Je ne voulais pas t'en dire autant. Ne parle pas de ça aux filles, et je te promets que je ne dirai rien à Karine à propos de ton emploi du temps d'hier soir. Marché conclu ?

— D'accord, mon *chum* !

Julien se dirigea vers Karine, qui l'attendait en compagnie de Virginie, et l'embrassa.

— Alors, ce match de squash ? demanda-t-elle.

— Je l'ai battu à plate couture comme d'habitude ! s'exclama Omar d'un air triomphal.

— Quelle chance ! Et toi, Julien, ta soirée ?

— Heu !

— L'ami de ton père, le médecin, tu t'en rappelles ? dit Karine sans remarquer le regard complice qu'échangèrent les deux garçons.

— La rencontre a été intéressante. Il m'a donné des trucs utiles, mentit-il. Si on mangeait, maintenant. Et, étant donné que j'ai perdu mon match, j'offre le dîner à tout le monde.

Karine protesta :

— Tu ne devrais pas.

Virginie, de son côté, trouvait que c'était une très bonne idée.

— J'insiste, c'est la moindre des choses.

Ouais ! Julien se sent coupable, se dit Omar en suivant ses amies au casse-croûte.

Et sans savoir pourquoi, il fut de tout cœur avec Karine.

4

Le Palladium était une des plus vieilles patinoires de la région. Entourant l'ovale de la surface glacée, d'anciennes colonnes roses cannelées rappelaient le théâtre de jadis. La plafond en forme de coupole, où pendait autrefois un luminaire de cristal, amplifiait les éclats de joie des patineurs qui tournoyaient sur la glace et les cris de peur des débutants qui tombaient involontairement sur leur postérieur.

Derrière les bandes, plusieurs rangées de bancs inconfortables accueillaient les patineurs fatigués. Sur les billets d'entrée pour les spectacles de patinage artistique que Juliette Côté organisait deux fois par année, une note invitait les spectateurs à emporter un coussin pour pouvoir s'asseoir plus confortablement. « Genoux et coudes amochés font partie des risques de ce sport, même les patineurs professionnels ne sont pas à l'abri des blessures. Mais, les dos meurtris, c'est une autre affaire ! » répétait-elle souvent.

À une extrémité de la patinoire, il y avait un orgue qui, comme les antiques colonnes, avait déjà connu des jours meilleurs. On l'utilisait rarement maintenant, car les patineurs préféraient des airs enregistrés ou la musique du poste de radio que diffusait continuellement le système de sonorisation du Palladium. Assis tout à côté de l'orgue et d'une boîte de contrôle, un homme d'un certain âge, l'air frustré, surveillait l'action sur la glace. Peut-être un ancien patineur professionnel qui regrettait ses heures de gloire.

Dans ce vieil édifice, la seule concession à la modernité qu'on ait faite, était une série de portraits peints sur l'un des murs représentant des grands champions de patinage artistique : Lloyd Eisler, Isabelle Brasseur, Josée Chouinard, Kurt Browning. Si ces peintures représentent une Chouinard ou une Brasseur, je suis, moi, la sosie de la sensationnelle Isabelle Brasseur ! s'était moquée Virginie.

À l'autre bout de la patinoire, en face du vieil orgue, tout en haut d'un escalier, se trouvait le casse-croûte où l'on servait des sandwichs et des boissons. Derrière une fenêtre panoramique, les gens pouvaient voir évoluer les patineurs sur la glace. Lorsque Karine, Virginie et Julien firent leur entrée dans l'aréna ce lundi après-midi-là, ils saluèrent Omar qui les observait du petit restaurant. Il sourit et retourna leur bonjour de la main, puis se remit au travail.

Tandis que Julien se dirigeait vers la boutique pour louer une paire de patins, les filles s'assirent sur un banc en bois pour chausser leurs propres patins. Karine et Virginie profitèrent de ce moment entre filles pour jeter un coup d'œil sur la glace.

Une douzaine de personnes, la plupart en couple, déambulaient au rythme de la musique. Karine remarqua deux garçons d'origine italienne (les mêmes qu'elle avait aperçus l'autre jour dans la rue) qui patinaient le long de la bande. Ils étaient seuls : le flirt avec les deux filles n'avait visiblement pas eu le succès escompté.

Au centre de la patinoire, des petites filles en tutus pratiquaient des figures, encouragées par leurs entraîneurs (des hommes et des femmes un peu plus âgés que Karine et Virginie) qui criaient leurs recommandations, applaudissant chaque fois qu'une élève réussissait une prouesse. Dans l'estrade, les mères, fières de leur enfant, parlaient entre elles, vantant probablement les talents de leur fille.

— Où sont-ils, tes beaux gars ? lança Karine à sa copine. Tu m'avais dit que le Palladium en serait rempli !

Maladroitement, elle avança sur le tapis de caoutchouc. Sur la patinoire, elle dut se retenir à la bande afin d'éviter de tomber.

— Ils ne vont pas tarder, lui répondit Virginie. Et, à voix basse, elle ajouta : De toute façon, c'est moi la chasseuse, pas toi !

— Je sais.

Karine glissa un patin sur la glace, mais perdit l'équilibre. Elle s'agrippa rapidement à la bande. Angoissée, elle regarda Virginie.

— Eh, Virginie, crois-tu que c'est vraiment une bonne idée ? Tu sais, ça fait au moins un an et demi que je n'ai pas patiné !

Virginie pouffa de rire.

— C'est comme la bicyclette, ça ne s'oublie pas. Reprends confiance en toi, tu y arriveras.

Elle sauta à son tour sur la glace. Une poussée du pied gauche, puis du pied droit. Virginie glissait avec une facilité déconcertante, gracieuse, comme si elle était née avec des patins aux pieds. Karine la regarda avec admiration. Elle semblait en pleine possession de ses moyens, contrairement à son habitude. Karine décida de se lancer à la suite de son amie. Au diable la peur du ridicule !

Elle suivit Virginie et, reprenant confiance en elle, ses peurs se dissipèrent. Elle apprécia l'air frais, la légère brise qui caressait son visage et ses mains nues. Une impression de liberté et de calme l'envahit. Pourquoi avait-elle donc abandonné la pratique de cette activité ?

Après quelques tours, les joues rougies par l'exercice, Virginie stoppa son amie dans son élan.

— N'est-ce pas formidable ? dit Karine, le souffle court. Mais qu'est-ce qui se passe, Virginie ?

Du regard, elle suivit la direction que pointait Virginie du doigt.

— Regarde, le beau gars qui vient de sauter sur la glace.

En effet, un grand blond un peu plus âgé qu'elles, avançait dans leur direction. Malgré la distance qui les séparait de lui, elles pouvaient apprécier le bleu magnifique de ses yeux et son teint clair.

Virginie glissa à l'oreille de Karine :

— Il est super ! Avec un corps semblable, il doit sortir tout droit d'une manufacture d'athlètes.

Karine renchérit :

— Un gars que tu embrasserais avec passion, ici, directement sur la glace, non ?

— Hé ! Karine, tu me surprends.

— Ne répète pas ça à Julien, O.K. ? demanda-t-elle avec un petit rire nerveux.

Elle chercha Julien des yeux et l'aperçut sur un banc en train de lacer ses patins. Heureusement, il ne semblait pas les avoir vues se pâmer sur l'affriolant spécimen, qui venait justement de freiner devant elles avec une aisance que seules des années et des années de pratique permettent d'acquérir. Involontairement, Karine jeta un regard coupable en direction du casse-croûte, puis vers Julien. Aucun des deux garçons ne faisait attention à elles.

Le beau blond les éblouit avec son sourire éclatant.

— Salut !

— Salut ! répondit Karine.

Sa voix était profonde et chaude.

Virginie fit un petit signe de la tête en guise de salutation. Elle semblait avoir perdu l'usage de la parole; c'était toujours le même problème dans de telles circonstances. Pourtant, elle connaissait plusieurs phrases de courtoisie, mais au moment de s'en servir, elle demeurait bouche bée.

— Je vous ai vues patiner, les filles ! Vous vous débrouillez très bien.

Karine lui dit qu'il exagérait. Virginie, retrouvant enfin la parole, lui demanda s'il le pensait vraiment.

— Je suis très sérieux, dit-il à Karine avec un sourire à faire fondre la glace de la patinoire. Je crois être en mesure d'évaluer la valeur d'une patineuse, car je suis entraîneur. Je m'appelle Bruno.

Karine lui rendit son sourire, lui dit son nom et

lui présenta Virginie. Ils échangèrent une poignée de main chaleureuse.

— Je ne vous ai jamais vues ici.

— Possible, répondit Karine. Cela fait au moins dix-huit mois que je n'ai pas chaussé mes patins.

— Surprenant, tu patines presque comme une vraie pro !

— Flatteur ! répliqua Karine en rougissant.

Elle regarda de nouveau vers le casse-croûte; Omar servait une jeune femme, sans doute la mère d'une des patineuses.

— Toi aussi, Virginie, tu es très bonne.

À son tour, Virginie rougit. Est-ce qu'il s'intéresserait vraiment à moi, ce super beau gars ? se demanda-t-elle, comme si elle était sous l'effet d'un choc.

Elle bégaya un remerciement, mais elle aurait voulu disparaître dix pieds sous terre tellement elle se trouvait bête.

Bruno fut interrompu par Julien qui arrivait à grandes enjambées incertaines; il n'avait patiné que deux fois dans sa vie. Karine tendit la main pour le stopper, car elle savait qu'un débutant éprouvait de la difficulté avec les arrêts. Puis elle présenta son ami à Bruno. Les deux garçons échangèrent un salut poli.

Soudainement, la musique changea de rythme. L'animateur annonça au micro que les prochaines minutes étaient réservées aux couples; ceux et celles qui n'avaient pas de partenaire étaient invités à quitter la glace.

Julien invita Karine à venir s'asseoir avec lui dans l'estrade.

— Fait pas l'idiot… tu viens juste de sauter sur la patinoire !

— D'accord, je vais essayer de patiner avec toi, dit Virginie.

De son côté, Bruno tenta d'agripper le bras de Virginie pour qu'elle l'accompagne, mais elle glissait déjà vers Julien en lui disant qu'elle prendrait soin de lui. Puis elle l'entraîna par la main, laissant Karine et Bruno derrière eux. Mais, honnêtement, Virginie s'en voulait de son initiative. *Je viens de refuser l'invitation de Bruno ! Décidément, il n'y a pas pire ennemie que soi-même. Pourquoi se sauvait-elle toujours ainsi des garçons qu'elle trouvait attirants ? Avait-elle peur d'être rejetée ? Craignait-elle le jugement de ses amis ?*

Bruno secoua la tête et jeta un regard timide en direction de Karine.

— Eh bien, veux-tu patiner avec moi ?

— Bien sûr.

Karine lui prit la main, et se laissa conduire. C'était agréable de sentir la chaleur de leurs doigts entrelacés. Elle était consciente que les filles assises dans les gradins la regardaient avec envie. Bruno, sentant qu'elle était plus solide sur ses patins, passa un bras musclé autour de sa taille et augmenta le tempo. Elle risqua un regard derrière elle et constata que Julien et Virginie s'amusaient ferme. Julien grimaçait et ne semblait pas remarquer que sa blonde patinait en compagnie du plus beau et du plus désirable des garçons présents à l'aréna. Quand elle se tourna de nouveau vers Bruno, deux yeux bleus étincelants et brillants comme des saphirs la regardaient. Cela la rendit encore plus fière d'être à son bras. Elle avait l'impression de présenter tout un spectacle avec le gars le plus séduisant du Palladium. Elle ne voyait plus ni Julien ni Virginie qui, pourtant, patinaient devant elle. En ce moment, seuls Bruno et elle-même comptaient.

Sur la glace, Karine semblait avoir des ailes.

* * *

— Pas si mal pour des amateurs!

— Pardon?

Absorbé par la caisse enregistreuse, Omar leva la tête après avoir remis la monnaie à sa cliente. Lyne se tenait debout devant lui, vêtue d'une blouse et d'un jean qui lui seyaient à ravir.

Elle jeta un regard vers la fenêtre panoramique.

— Tes amis se débrouillent bien sur la patinoire.

De son poste de travail, Omar ne pouvant apercevoir la glace, fit un signe à une compagne de travail, une jeune fille de seize ans qui s'était entichée de lui dès qu'elle l'avait vu la première fois, deux heures plus tôt.

— Oui, Omar? dit-elle le cœur battant.

— Fais-moi plaisir, veux-tu? Occupe-toi de la caisse une petite minute. J'aimerais voir Karine et Virginie patiner.

— Oh! certainement, Omar.

Lyne prit Omar par le bras et le conduisit à la fenêtre. La voix amicale, elle lui demanda:

— Comment était ton match à la télé?

— Quoi? Oh, cette émission... eh bien, les filles s'étaient trompées.

— Ah oui ! répliqua Lyne d'une voix aussi froide que la glace de la patinoire.

Omar ne sembla pas s'apercevoir du changement de ton, car il était captivé par ce qui se passait un peu plus bas.

— Elle est bonne, n'est-ce pas ? dit-il, admiratif. Je veux dire : elles sont bonnes toutes les deux. Je souhaiterais être capable de patiner aussi bien.

— Je pourrais te donner des leçons. Il y a une foule de choses que je pourrais t'enseigner...

Elle posa une main sur le bras d'Omar qui secoua la tête.

— Oh, non ! tu rirais de moi au premier coup de patin parce que j'embrasserais la glace. Pas question.

Elle répliqua aussitôt :

— Tu devrais avoir un peu plus confiance en toi.

Elle examina son profil, ses longs cheveux frisés, ses lèvres gourmandes, son menton volontaire, tandis qu'il observait toujours ses amis.

— C'est ce que je répète continuellement à Karine. Qui est le garçon qui patine avec elle ?

Lyne cessa son examen et regarda les patineurs, un éclair de méchanceté au fond des yeux.

— Lui, c'est le nouvel entraîneur.

Elle l'avait vu l'autre jour quand Juliette Côté lui faisait visiter les lieux.

— On dit que c'est un grand charmeur, un véritable don Juan. Toutes les femmes en tombent amoureuses. Tu devrais surveiller tes copines !

Elle fronça les sourcils, troublée par le regret qui se lisait dans les beaux yeux noirs d'Omar.

— C'est surprenant de la voir patiner dans les bras de cet entraîneur, plutôt qu'avec son *chum*, non ?

— Que veux-tu dire ? la questionna-t-il sur un ton tranchant, comme s'il voulait défendre Karine.

Lyne crut déceler derrière les mots une vague crainte, comme si en voyant Karine dans les bras d'un homme, Omar perdait soudainement pied.

— Je suis désolée. Je suis convaincue que Karine et Julien forment le plus beau couple au monde, depuis Roméo et Juliette. Ni l'un ni l'autre ne penserait flirter avec quelqu'un d'autre.

— Tu as parfaitement raison, dit Omar un peu mélancolique. Aucun couple n'est plus uni que celui de Karine et Julien.

— Naturellement. Ça n'empêche pas qu'elle et Bruno font une belle paire sur la glace.

Omar ne perçut que de la moquerie dans ses paroles. En fait, Lyne lui mentait effrontément.

5

— Nous avons très bien patiné ensemble, dit Bruno lorsque l'animateur annonça la fin de la période du patinage en couple.

Karine glissa vers l'entrée et stoppa brusquement, maîtrisant beaucoup mieux ses arrêts grâce aux conseils de Bruno.

Bruno la tenait toujours par la taille et lui souriait. Karine le trouvait encore plus beau avec ses joues rougies par l'air froid.

— Je n'ai jamais trouvé ce sport aussi facile !

— C'est parce que tu as confiance en toi, maintenant.

La confiance que tu m'as donnée, pensa-t-elle.

— Oh, non ! C'est grâce à toi, dit-elle.

— Mais tu aurais pu aussi y arriver seule, affirma-t-il en libérant finalement sa taille. Tu es bonne, très bonne même.

Karine voulu protester, mais il la fit taire.

— As-tu déjà entendu parler du gala de patinage artistique du temps des Fêtes qu'organise mademoiselle Côté ?

— Oui, et en présentant ses meilleurs élèves au public, elle parvient à amasser des fonds qu'elle investit par la suite dans le Palladium.

— Je crois que tu pourrais participer au gala. Tu as un talent naturel et après quelques mois d'entraînement, tu seras une excellente patineuse, j'en suis certain.

— Oh, oh ! répliqua Karine. Et j'y parviendrai avec toi comme entraîneur, je suppose ? Écoute, Bruno, je connais les honoraires à payer pour une leçon : j'ai bien d'autres choses à m'acheter avant de dépenser mon argent pour des leçons de patinage.

Bruno éclata de rire.

— Fais à ta tête. Mais je t'informe que Juliette invite des « dépisteurs » de nouveaux talents à chacun de ses galas. On ne sait jamais, on pourrait bien découvrir tes aptitudes.

— Tu veux me faire marcher, dit-elle les yeux rivés sur le beau visage de Bruno. J'ai dix-sept ans. Si des « dépisteurs » viennent ici pour repérer une future Isabelle Brasseur, c'est une de ces petites filles qui les intéressera... Moi, je suis trop vieille.

Et elle pointa un doigt vers le groupe d'élèves qui revenait au centre de la patinoire, sous la surveillance de mamans fières de leur progéniture.

— Comme tu veux, lui dit-il tendrement.

Est-il possible de laisser passer cette chance d'étonner les gens au bras du plus beau patineur de la région ? se dit Karine.

— J'ai un *chum*, lui dit-elle finalement. Je n'ai pas besoin d'impressionner qui que ce soit.

— Oui, j'avais deviné. Timidement, il ajouta : C'est dommage !

— Serais-tu en train de me flirter ? demanda-t-elle en souriant de bonheur.

Bruno secoua la tête et lui décocha un sourire à faire mourir d'envie toutes les filles présentes.

— Un peu, mais ne le dis pas à ton *chum*, j'ai pas envie de me battre avec lui.

— Ça me surprendrait, ce n'est pas dans les habitudes de Julien, précisa-t-elle.

Elle n'imaginait pas Julien se battant pour elle. En fait, il semblait tellement la prendre pour acquise que lorsqu'un autre garçon posait les yeux sur elle, il ne s'en inquiétait pas le moins du monde.

— Les mercredis soirs je donne des leçons privées. Et j'ai un trou dans mon horaire.

Karine regarda Julien et Virginie qui approchaient. Julien lui avait promis de l'amener au cinéma le mercredi suivant. Ensuite, ils se rendraient dans un nouveau bistro (de son choix, naturellement), pas très loin du Café du Port. Ils y passeraient sûrement une bonne partie de la nuit. Puis, comme d'habitude, il la reconduirait chez elle en taxi. Aucun doute : la soirée ne lui coûterait pas un sou. Julien choisirait le vin, probablement un rosé californien (elle n'avait pas encore osé lui avouer qu'elle le détestait) et lui offrirait de prendre une bouchée.

Un style de vie que bien des jeunes filles lui envieraient. Pourtant, Karine trouvait de plus en plus opprimant d'être prise ainsi en charge par Julien. De plus en plus souvent, elle souhaitait prendre ses propres décisions.

— C'est une bonne idée, Bruno. On commence mercredi ? dit-elle, surprise par ses propres paroles.

Bruno la gratifia d'un formidable sourire, puis salua Julien et Virginie de la main.

J'ai accepté la proposition de Bruno ! Que m'arrive-t-il ? se dit-elle, le cœur battant. Comment annoncer ma décision à Julien ? Oh, je me sens tout excitée !

Karine poussa un soupir et rougit. Visiblement mal à l'aise, elle dit à Julien qu'elle ne sortirait pas avec lui le mercredi suivant.

— Pourquoi ?

— Bruno m'assure que j'ai du talent pour le patinage artistique, et il m'offre une chance. Remettons notre sortie, d'accord ?

Julien fronça les sourcils, mécontent.

— Hé ! si c'est pour causer des problèmes entre vous deux... dit Bruno.

Julien, un peu rouge, répliqua sans trop d'amertume :

— Aucun problème. Pourquoi ne prendrait-elle pas des leçons de patinage avec toi, après tout ? C'est sûrement plus important que de sortir avec son *chum* !

— Julien, je t'en prie ! dit Karine qui songea à annuler sa leçon sur-le-champ.

Non, se dit-elle. *Il est à peu près temps que je fasse ce que j'ai envie de faire. Il est temps que je m'affirme et que je cesse d'obéir à tous les petits caprices de Julien !*

— Me permets-tu d'aller te reconduire ? persifla Julien.

— Avec plaisir.

Julien les quitta pour aller retirer ses patins. Bruno se dit désolé d'avoir causé une telle scène. Karine le rassura.

— Ce n'est pas ta faute : il est comme ça, Julien. Il veut toujours n'en faire qu'à sa tête. Quand les autres n'agissent pas à sa guise, il fait du boudin.

Bruno lui dit qu'il pouvait fort bien s'accommoder d'un tel comportement, puis il s'excusa, car une élève l'attendait pour sa leçon. Il précisa que la fillette de neuf ans était prometteuse et deviendrait sans doute de calibre professionnel avec l'entraînement nécessaire.

Après son départ, Virginie s'en prit à sa copine :

— À quoi joues-tu, Karine Delorme ? Laisser tomber Julien pour un gars que tu connais à peine ! Puis, taquine, elle ajouta : Il me paraît tellement «chaud» que je suis surprise que la glace n'ait pas fondue sous ses pieds... ses patins, je veux dire.

— Ne commence pas avec ça ! dit Karine, fâchée. Je suis peut-être allée un peu loin, mais je n'avais pas pensé aux conséquences. Je vois Julien tous les jours. Est-ce que je n'ai pas droit à un peu de liberté ?

— Tu sais pourtant combien Julien t'aime. Tout ce qu'il veut, c'est ce qu'il y a de mieux pour toi.

— Oui, je sais. Mais, parfois, il m'envahit avec ses attentions. Et puis, tantôt, sur la glace avec Bruno...

— Oui ?

— Eh bien, je me sentais enfin moi-même... et libre. Je n'ai jamais connu cette sensation avec Julien.

Virginie secoua la tête en souriant et dit avec un semblant de désespoir dans la voix :

— Le coup classique : je me suis rendue au Palladium dans l'espoir de me faire un *chum*, et c'est ma meilleure amie qui flirte avec le gars le plus sexy de l'aréna !

— Ce n'est pas tout à fait ça, dit Karine sur un ton pas du tout convaincant.

— Ah non ? Pourtant au cours des dernières semaines, je t'ai souvent surprise, le regard vague, pendant que Julien te parlait ou, pire, à reluquer d'autres gars au Café du Port. Tu ne serais pas fatiguée de lui, par hasard ?

— Moi, fatiguée de Julien ! Voyons donc !

Karine détourna les yeux et jeta un coup d'œil en direction de la grande fenêtre du casse-croûte. Elle vit Omar et, à ses côtés, Lyne. Elle eut un choc.

— Julien est un amour. Je ne ferai jamais rien pour le blesser, tu le sais ! Je l'aime beaucoup.

Elle l'aime beaucoup, se dit Virginie. Pourtant, il y a quelques mois seulement, elle disait qu'elle l'aimait comme une folle. Virginie allait ajouter quelque chose lorsqu'elle se sentit poussée vers l'avant. Elle heurta Karine, et les deux copines tombèrent sur la glace. Karine, relevant la tête, aperçut le garçon qui était entré en collision avec son amie.

— Hé, idiot, à quoi joues-tu ? cria Karine en colère.

Le garçon haussa les épaules et sans aucune excuse leur lança que si elles voulaient commérer, eh bien, qu'elles le fassent ailleurs que sur la patinoire, sinon elles pouvaient s'attendre à se faire bousculer de nouveau. Il continua à gesticuler, et les choses s'envenimèrent. Il commençait à jurer contre les deux amies lorsque deux grosses mains l'agrippèrent par les épaules. En se retournant pour connaître l'identité de son agresseur, le garçon faillit perdre l'équilibre.

— Tu ne penses pas que tu pourrais faire des excuses, espèce de salaud ?

Tout le monde regarda Omar, qui avait abandonné le casse-croûte au premier signe d'embêtement. Une lueur menaçante brillait dans ses yeux.

— Hé ! c'était un accident, je ne pouvais pas éviter ta blonde.

— Elle n'est pas ma blonde, répondit Omar.

Toujours étendue sur la glace, Karine voulut le calmer, mais Omar n'entendait plus rien. D'une main, il saisit l'Italien par le col et de l'autre le menaça du poing. Devant un tel argument, le garçon s'empressa de faire des excuses aux deux filles. Omar le lâcha, et le garçon déguerpit.

Karine et Virginie restèrent interdites de surprise. Habituellement, la seule chose qui faisait réagir Omar était la défaite de son équipe de soccer favorite.

— Ce n'était vraiment pas nécessaire, dit Karine en se relevant avec l'aide d'Omar.

— Il t'a fait mal, et je ne veux pas que personne te fasse mal, c'est tout ! Tu sais, j'ai toujours été là quand tu as eu besoin de moi.

Karine perdit encore l'équilibre mais, cette fois, elle se retrouva dans les bras d'Omar. Pendant un moment, elle resta contre sa solide poitrine d'athlète. Elle entendit battre son cœur et sentit ses puissantes mains dans son dos. Elle leva les yeux vers son visage et vit dans ses yeux sombres une lueur qu'elle n'avait jamais vue auparavant.

Cet instant dura le temps d'un éclair. Omar,

déjà, la repoussait doucement. Ils se sourirent, gênés, et échangèrent un regard embarrassé.

— Ça va maintenant ?

— Certainement.

Des émotions confuses, étranges, montaient en elle; des idées bizarres traversaient sa tête à toute vitesse. *C'est complètement fou ? À quoi penses-tu, Karine Delorme ? Qu'est-ce qui t'arrive ?*

— Un jeune homme bien élevé, beau et fort en plus, ne pourrait-il pas aider une demoiselle en détresse ?

Ils se retournèrent et aperçurent Virginie, assise sur la surface glacée, qui jouait la jeune demoiselle offensée en tapant impatiemment ses doigts sur la glace et en fronçant méchamment les sourcils. La tension entre Karine et Omar s'envola immédiatement. Tous les trois éclatèrent de rire. Omar se pencha vers Virginie et l'aida à se relever.

— Merci, beau jeune homme.

Omar lui fit la révérence, comme s'il était un galant chevalier sorti tout droit du dix-septième siècle. Puis, soudainement, ses pieds glissèrent. Il tenta de s'accrocher à Karine mais sans succès, et s'étala de tout son long sur la glace. Les filles pouffèrent.

— Aidez-moi ! les supplia-t-il.

Mais les deux amies refusèrent et s'éloignèrent en riant. Assis, il regarda Karine évoluer sur la patinoire. Son front se plissa. Pourquoi avait-il couru ainsi à sa rescousse ? Après tout, plusieurs patineurs tombaient sans que personne n'en fasse toute une histoire. Et puis, Karine était assez grande pour se défendre, même contre un petit voyou, pensa Omar. Mais c'est mon amie, et les amis sont là pour s'entraider, non ?

Toutefois, il savait qu'il essayait de se convaincre. Même s'il n'avait pas le courage de l'admettre, il réalisait que quelque chose de spécial s'était passé entre eux.

La scène n'avait pas échappé à Virginie qui était très perspicace dans ce genre de situations. Mais, Dieu merci, Julien n'avait rien vu.

Omar ne se doutait pas que Lyne aussi avait été témoin de la scène. Dans le casse-croûte, cette dernière se jura qu'elle se vengerait de Karine.

6

— Sérieusement, Karine, tu ne crois pas qu'il espère être seulement ton entraîneur ? questionna Virginie.

Karine, devant le miroir de sa chambre, se préparait pour sa première leçon de patinage; elle appliquait un peu de rouge à lèvres très pâle sur sa bouche (Tiens, c'est nouveau ça ! pensa Virginie).

— Mais bien sûr ! dit-elle en rougissant légèrement. C'est seulement ton esprit tordu qui te fait voir les choses de façon bizarre.

— Bruno et Julien, les deux plus beaux gars des environs, n'ont d'yeux que pour toi. Bien plus, je gagerais ma chemise que Bruno ne te demandera pas un sou pour tes leçons, dit Virginie d'une seule traite pour la taquiner.

Mais un léger tremblement dans sa voix avait révélé une gaieté forcée.

— Ils ne sont pas fous de moi ! protesta Karine avec un peu trop d'empressement. Bruno, surtout. Et puis, mes leçons ne sont pas gratuites. Je les paierai grâce à l'emploi que j'ai décroché au magasin de disques.

Elle jeta un dernier coup d'œil dans son miroir

en demandant à Virginie d'un air détaché :

— Tu penses vraiment que Bruno est fou de moi ?

— Ouais !... et je crois qu'Omar le pense également. Mais il ne semblait pas particulièrement heureux de cette découverte.

— Omar ? Oh, mais qu'est-ce que tu lui as dit ? S'il fallait qu'il le répète à Julien.

— Pas de panique, ma vieille, Omar ne dira rien à ton *chum*. Il vous a seulement vus ensemble sur la patinoire, et il a remarqué combien Bruno semblait bien prendre soin de toi. Il en a déduit qu'il te trouvait à son goût.

Karine confia à son amie qu'elle devrait peut-être téléphoner à Omar pour lui demander de parler à Julien, pour qu'il le rassure. La veille, Julien avait eu l'air tellement préoccupé par cette histoire.

— Téléphoner à Omar ? Pourquoi pas à Julien ?

— Tu as sans doute raison.

Karine se dirigea vers la porte de sa chambre dans l'intention de passer un coup de fil à Julien.

— Karine, remets ça à plus tard. Julien est à un match de soccer avec Omar, qui est en congé aujourd'hui.

— Dommage ! dit Karine pourtant soulagée de reporter son appel. Je ne comprends pas leur intérêt pour ce sport. Comment font-ils pour s'y retrouver, les règlements me semblent tellement complexes !

Karine tira un peu sur son t-shirt moulant qu'elle avait passé par-dessus une combinaison en Lycra. Elle était vraiment ravissante ainsi vêtue.

— De quoi ai-je l'air ?

— Superbe, dit Virginie avec admiration.

Puis, tout en suivant son amie à l'extérieur de la pièce, elle réalisa que Karine avait délaissé son ample chandail et son jean habituels.

— Je suis ta meilleure amie, je pense. Je ne voudrais surtout pas que tu te fasses du mal, lui dit Virginie sur un ton sérieux.

Karine se sentit agacée par la façon dont Virginie intervenait dans sa vie privée, et par le tour que prenait la conversation.

— Je sais.

— Julien est aussi mon ami, et je ne voudrais pas le voir souffrir, lui non plus. Tu ne le tromperas pas, n'est-ce pas ?

Le visage de Karine devint blanc... à la fois de rage, d'indignation et de frustration. Virginie sut qu'elle avait fait mouche. Elle recula de quelques pas parce qu'elle crut que son amie la giflerait lorsqu'elle leva la main. Elles se mesurèrent du regard, puis Karine soupira et porta la main à son cœur, comme pour se réconforter.

En regardant par terre, pour éviter l'air réprobateur de Virginie, elle avoua simplement :

— Julien est le gars le plus formidable que je connaisse. Il me traite comme une reine, surtout depuis quelques jours, et Dieu seul sait pourquoi. Nous avons beaucoup de plaisir ensemble, mais quand il n'est pas à mes côtés, je ne pense jamais à lui. L'autre jour, lorsque je patinais avec Bruno, qu'il soit là ou non, c'était du pareil au même. Patiner avec Bruno, c'était la seule chose qui comptait lundi et... hier.

— Tu as patiné avec Bruno hier ?

— En effet. En passant en face du Palladium,

j'ai décidé sur un coup de tête d'aller saluer Omar. Bruno s'y trouvait et il m'a suggéré de faire quelques tours de patinoire, histoire de me dégourdir les jambes. Il m'a encore fait des compliments sur mon coup de patin.

Virginie imaginait le bras de Bruno autour de sa propre taille, et une agréable sensation l'envahit. Ce que j'aurais aimé être à sa place ! pensa-t-elle avec une pointe de jalousie à l'égard de son amie.

— Bruno est tellement chaleureux, amical et compréhensif : un chic type, ajouta Karine.

— Tu le connais depuis deux jours seulement, tandis que Julien est ton *chum* depuis deux ans, répondit Virginie pour lui faire la morale.

Toute triste, Karine passa une main dans ses cheveux blonds.

— Deux ans... c'est peut-être trop long. Je me demande si je le connais aussi bien que je le pensais... Enfin, je ne ferai rien qui puisse le blesser.

* * *

— Vous patinez très bien, mademoiselle Delorme, dit Bruno qui, tenant Karine par la taille, augmentait la vitesse.

— Mais tout le mérite vous revient, monsieur, puisque vous me transmettez votre confiance, répondit Karine sur le même air guindé, alors qu'un frisson parcourait son corps.

Souriant de toutes ses dents, elle jeta un rapide coup d'œil en direction du casse-croûte. Elle se souvint que c'était le jour de congé d'Omar; elle en fut soulagée.

Grâce aux bons conseils de Bruno, Karine réussit presque à la perfection un « huit », une figure qu'elle avait déjà pratiquée un peu auparavant. Bruno la félicita pour son bon travail et l'entraîna vers la sortie. Virginie, qui les attendait, applaudissait à tout rompre.

— Belle performance, monsieur, madame !

— Karine est excellente.

Radieux, il sourit à Virginie, qui rougit d'embarras.

— Si tu continues comme ça, tu seras du gala du temps des Fêtes, l'encouragea Bruno.

Pour cacher les couleurs qui lui montaient au visage à son tour, Karine se pencha pour ramasser son sac à dos aux pieds de Virginie. Elle fouilla à l'intérieur et sortit finalement son portefeuille pour payer son entraîneur.

— J'ai beaucoup aimé ma leçon. Voilà pour toi ! dit-elle en lui remettant son argent et en lui donnant un baiser sur la joue.

Qu'est-ce que je viens de faire là ? Mais rien du tout, voyons. *Je lui ai seulement donné un petit bec, c'est normal entre amis*, se persuada-t-elle. Tandis que Virginie enviait le culot de son amie : Ah ! ce que j'aimerais être aussi fonceuse que Karine !

— Super tes « huit » ! Si tu poursuis tes leçons avec Bruno, tu réussiras bientôt des doubles et des triples axels. Les professionnels vont te regarder de travers, ma vieille !

Sur cette remarque, Bruno invita Virginie à prendre des leçons. Elle aussi pourrait sans doute réussir plusieurs figures. Virginie sentit ses genoux s'amollir devant le sourire qui accompagnait la belle proposition de Bruno.

— Moi ? J'aime bien patiner, mais je ne serai jamais assez bonne.

Il posa une main amicale sur son épaule.

Ce n'est pas un geste amoureux ça, se persuada Virginie. Mais son cœur s'emballa tout de même.

— Ne te déprécie pas comme ça. Je t'ai vue patiner, tu es excellente, toi aussi, dit-il la main toujours sur son épaule.

Bruno voulut ajouter autre chose, mais Virginie et Karine n'avaient d'yeux que pour ce qui se déroulait sur la patinoire. Il se retourna et il vit Lyne glisser élégamment sur la glace : une star à la conquête d'admirateurs. Elle portait une combinaison en Lycra qui laissait voir ses courbes avantageuses, à ses pieds, une paire de patins étincelants de blancheur. Tous les hommes s'arrêtèrent pour l'admirer, tandis qu'elle décrivait des grands cercles et des figures difficiles. Et les applaudissements fusèrent devant tant d'habileté.

Après sa prestation, Lyne alla rejoindre Karine, Virginie et Bruno qui, comme tous les spectateurs, étaient ébahis par sa performance.

— Heureuse de vous rencontrer, dit-elle aux deux filles.

Puis, avec grâce, elle se tourna vers Bruno, lui sourit de toutes ses belles dents blanches.

— Je m'appelle Lyne. Toi, c'est Bruno, n'est-ce pas ? Je t'ai souvent observé sur la glace : tu es très bon ! susurra-t-elle sur un ton mielleux.

— Hum ! ta performance était impressionnante aussi.

— Tu trouves ? Mais je suis certaine que tu peux faire mieux, beaucoup mieux. Ma technique n'est pas parfaite, je ne suis pas totalement satisfaite, ajouta-t-elle tristement.

Le regard qu'elle dédia à Bruno était lourd de sous-entendus.

— Peut-être que tu pourrais m'aider ?

— Avec plaisir, lui dit Bruno enthousiasmé par cette idée.

Puis à Karine et à Virginie, il demanda :

— Ça ne vous dérange pas, les filles ?

— Pas du tout, répondit Virginie en mentant.

Bruno prit la main de Lyne et l'entraîna au milieu de la glace. Lyne se retourna vers elles et leur envoya un petit baiser du bout des doigts.

— Une vraie sorcière ! Elle nous tombe dessus sans crier gare, et nous vole Bruno en criant ciseau, tu parles !

Virginie haussa les épaules avec philosophie. Puis elle posa une main là où, un peu plus tôt, Bruno l'avait touchée. Elle sentait encore la douce chaleur de ce contact.

Je suis complètement folle ! S'il y a quelqu'un qui l'intéresse ici, c'est Karine, pas moi ! Comment un beau gars comme lui pourrait penser à moi autrement qu'en tant que simple copine ?

— Je suppose qu'être belle comme Lyne, ça donne tous les droits.

Virginie savait de quoi elle parlait : les gars étaient attirés par les filles attrayantes... tandis qu'elle, elle était toujours laissée pour compte.

— Mais qu'est-ce qu'elle peut bien avoir contre nous ? répliqua Karine. Elle nous connaît à peine, mais elle agit comme si nous étions ennemies depuis des siècles.

— J'ai l'impression qu'elle est jalouse de nous

parce qu'Omar ne s'intéresse pas à elle.

— Mais ce n'est pas notre faute, alors pourquoi est-elle si horrible avec nous ?

Virginie lui rappela le mauvais tour qu'elles lui avaient joué l'autre soir, au restaurant.

— Les filles de son genre n'acceptent jamais un « non » parce qu'elles sont habituées à avoir tout ce qu'elles désirent. Alors quand elles ont l'impression de perdre, elles s'en prennent à tous ceux qui leur barrent la route... Et Lyne semble t'avoir prise en grippe, Karine.

— Tout de même, je ne comprends pas comment elle peut être aussi malicieuse et rancunière ! Elle te croit peut-être sa rivale, qui sait ?

Karine se mit à rire.

— À cause d'Omar ? Tu parles à travers ton chapeau, Virginie Cartier. Omar est mon meilleur ami et je le connais depuis que je suis toute petite. Je ne peux pas avoir un faible pour lui !

— Bien sûr que non ! Mais peut-être que Lyne voit toutes les filles comme des obstacles l'empêchant de mettre le grappin sur les gars. Et puis, sa jalousie ne concerne peut-être pas seulement Omar...

Virginie attira l'attention de son amie sur les spectateurs fascinés par les pirouettes de Lyne et de Bruno.

— Tu vois tous ces gars qui ont les yeux rivés sur Lyne ? Regarde maintenant les filles, elles la détestent.

Karine prit un certain plaisir à observer tous ces hommes béats d'admiration et ces filles à la moue dédaigneuse. Elle en aurait presque ri si elle n'avait pas ressenti une certaine appréhension au fond d'elle-même.

— Mais oui, tu as raison.

Lyne tenterait-elle encore de poursuivre Omar de ses assiduités, et lui, succomberait-il à ses charmes ? Et que penser de son manège avec Bruno ? Omar ne lui suffisait donc pas ?

Pourquoi te tourmenter ainsi, Karine Delorme ? Pourquoi es-tu si chatouilleuse à propos de cette garce ? Lyne peut bien faire ce qu'elle veut, ça ne devrait pas t'agacer comme ça. Tant qu'elle ne touche pas à Julien...

— C'est une salope, dit Karine avec une audace qui la surprit elle-même.

— Les gars ne pensent pas comme toi, répliqua Virginie.

— Elle n'a sûrement pas beaucoup d'amies. Je gage que toutes les filles doivent la haïr.

— Karine, avec tous ces gars qui lui tournent autour, je ne pense pas qu'elle se soucie beaucoup de l'opinion des filles, répliqua Virginie avec une grande sagesse.

* * *

Quelques jours plus tard, Karine s'échauffait avant de prendre sa leçon de patinage, lorsqu'elle aperçut Omar, debout près de la patinoire. Il lui fit un signe de la main, mais lui sembla mal à l'aise, comme si elle l'avait surpris en train de l'espionner. Elle alla le retrouver et l'embrassa sur la joue. Ils s'assirent sur un banc, si près l'un de l'autre que leurs jambes s'effleurèrent.

Deux fillettes d'environ douze ans passèrent devant eux. Effrontées, elles détaillèrent Omar des pieds à la tête. Sans doute excitées par l'allure de ce beau garçon au corps souple et musclé qui portait les cheveux longs, elles s'éloignèrent en riant nerveusement. Karine pensa qu'elles l'avaient probablement prise pour la blonde d'Omar. Quant à lui, il n'avait pas fait attention à ses deux jeunes admiratrices.

— Depuis quand es-tu ici ? lui demanda Karine.

— Dix minutes environ : c'est ma pause-café.

— Il y a des façons beaucoup plus agréables d'en profiter. Il fait beau et chaud dehors, tu devrais aller marcher au parc ou prendre un cappucino au Café du Port.

— Bonne idée ! Je pourrai enfin être en paix, parce qu'ici, Lyne me tombe sans cesse dessus.

— Comme une araignée qui tisse sa toile, se moqua Karine.

— Encore faut-il aimer ce genre de piège, mais c'est une belle araignée, tout de même !

— Elle te pourchasse toujours ? demanda Karine sur un ton qu'elle voulait neutre et indifférent.

— Un peu moins maintenant. Pourtant, je ne pense pas qu'elle soit le genre de fille à démissionner aussi facilement. Je suppose que ça devrait me flatter, mais je me demande ce qu'elle me trouve.

Toutes les filles te trouvent le plus beau, le plus désirable des gars en ville ! s'écria Karine intérieurement.

— On devrait lui acheter une canne blanche et un chien pour aveugle, se moqua Karine.

Il éclata de rire et fit mine de lui donner un petit

coup de poing sur le menton. Elle leva le bras pour se défendre, saisit sa main·trapue dans la sienne, mêla ses doigts aux siens. Un léger frisson la parcourut, comme si un courant électrique passait en elle. Ils se regardèrent avec curiosité, différemment de la façon dont le ferait deux simples amis. Puis, doucement, elle mit leurs mains sur la cuisse musclée d'Omar. Ils restèrent ainsi un moment, mais Karine se libéra brusquement de cette tendre étreinte en fixant la patinoire. Elle vit Bruno avec l'une de ses élèves.

— J'aime bien observer les patineurs, dit Omar, et tu es très bonne. Je te vois souvent du casse-croûte.

— Oui, je le sais parce que je regarde en haut pour vérifier si tu n'es pas en train de m'espionner.

— Ça paraît amusant... le patinage, répondit Omar pour changer la conversation.

— Tu devrais essayer.

— Moi ? fit-il en riant. Je ne suis pas doué pour le patinage. C'est comme si j'avais les deux pieds dans la même bottine.

— Oh oui, c'est vrai ! Tu m'as souvent écrasé les pieds lorsqu'on dansait aux *parties* de l'école. À la fin des ces soirées, ils étaient mauve-noir d'avoir été maltraités !

Elle se leva en l'invitant à la suivre.

— Qu'est-ce que tu fais ? dit-il en se laissant entraîner vers la boutique du Palladium.

— Omar Boukhira, je t'amène patiner ! annonça Karine.

Elle loua une paire de patins et les lui mit dans les mains.

— C'est idiot de travailler ici et ne pas profiter

au moins de tes heures de pause pour patiner.

— Écoute, Karine, je ne suis pas certain que ce soit une bonne idée !

Mais devant la mine décidée de Karine, Omar, en bougonnant, décida tout de même de chausser ses patins.

Karine le prit de nouveau par la main. Comme un enfant, Omar la suivit en sautillant sur le tapis de caoutchouc qui menait à l'entrée de la patinoire. Sa maladresse surprit son amie. Habi-tuellement, Omar se débrouillait très bien dans les sports, mais dans ses patins, il ressemblait à un bœuf marchant sur des œufs. La scène était si drôle que Karine dut se prendre à quatre mains pour ne pas éclater de rire. D'un autre côté, elle était profondément touchée de le voir ainsi, sans défense, vulnérable. Omar avait besoin de son aide. Elle réalisa soudainement qu'elle désirait être là, tout près de lui pour le supporter... pour toujours... comme une bonne amie.

Elle sauta sur la glace et se tourna vers Omar qui, sans enthousiasme, la regardait glisser sur la surface glacée.

— Il n'y a pas de danger, Omar. Allez viens !

— Tu n'as pas de cœur, Virginie Delorme. Je n'arriverai jamais à me tenir debout sur ces deux lames en acier inoxydable !

Elle sourit au dilemme que semblait vivre son copain.

— Fais pas ton peureux. Et puis, est-ce que je t'ai déjà laissé tomber ?

— Souvent, répliqua-t-il. Tu as commencé quand nous étions enfants : tu volais mes Smarties et tu te sauvais en me traitant de tous les noms.

— Je ne suis plus une petite fille.

— Non, en effet.

Elle l'encouragea à tenir la bande qui encerclait la patinoire.

— Tu ne tomberas pas si tu te tiens bien, et je vais aussi te soutenir. Je ne veux pas que tu aies l'air ridicule !

— Ouais, fit-il sans conviction.

Puis de la main droite il agrippa la bande, tandis qu'à sa gauche, Karine le tenait par la taille.

Omar essayait de la suivre. Mais avec ses coups de patins mal assurés, il ressemblait à un bébé faisant ses premiers pas.

— On ne marche pas sur la glace, on glisse, lui dit Karine pour le taquiner. Tu pousses avec un pied, puis celui d'en arrière suit tout seul. Essaie !

— Facile à dire !

Mais la patience et les bons conseils de Karine portèrent fruit. Au bout de quelques minutes, Omar réussit à lâcher la bande et à accomplir un tour complet de patinoire. Lentement, d'un pas incertain, mais avec l'aide de Karine, il y était parvenu !

— Toute une sensation, dit-il en la regardant dans les yeux.

— La meilleure : j'aime cette sensation de liberté... attention !

Omar perdit l'équilibre, ils chancelèrent un peu... et reprirent leur élan.

Karine, le bras toujours autour de la taille d'Omar, était pleinement heureuse. Le manque d'habileté de son ami lui donnait confiance en ses propres talents, beaucoup plus que tous les longs discours de Bruno sur le sujet. En regardant Omar, elle décela une attitude qu'elle ne lui connaissait pas : habituellement si sûr de luî, si fort et si rassurant, il ressemblait, en ce moment, à un petit enfant dépendant de sa mère.

Omar avait besoin d'elle ! Karine n'avait jamais connu cette sentation. C'était tout à fait nouveau et tellement agréable. Avec Julien — qui se débrouillait très bien sans son aide — c'était totalement différent. Les cadeaux et toutes les choses qu'il faisait pour elle comblaient tous ses désirs, bien sûr, mais Karine ne sentait pas qu'il avait besoin de son support. Elle se sentait inférieure par rapport à la grande indépendance de Julien. Alors qu'ici, sur la glace...

— Tu vois, c'est facile. Je savais que tu aimerais patiner, fit-elle, souriante.

Omar resserra son étreinte autour de sa taille, lança un grand cri de joie... et s'effondra sur la glace, entraînant Karine dans sa chute. Bruno et plusieurs autres patineurs éclatèrent de rire en voyant tomber le couple.

Étendus l'un sur l'autre, les visages distanciés de quelques centimètres seulement, Karine et Omar se regardaient dans les yeux.

— Tu m'as dit que je pouvais compter sur toi !

— La première règle en patinage : ne jamais se fier à personne. La deuxième : tu ne dois te retenir à aucun bras lorsque tu décides de jouer à l'imbécile, lui lança-t-elle en riant de toutes ses dents. J'ai l'air de quoi, là ? Moi qui voulait impressionner mon entraîneur !

—Tu as l'air d'une fille étendue sur un gars... et je ne m'en plains pas, moi !

Omar aurait voulu ravaler ses paroles; il était

allé beaucoup trop loin. Une plaisanterie ridicule, grotesque.

Il ferma les yeux et sentit une douce caresse sur son front et sur ses lèvres. Pendant un court moment, il apprécia le contact des mèches blondes au parfum frais de Karine, le souffle de sa respiration sur son visage et le poids de son corps sur le sien. Mais le charme fut brusquement rompu. Il ouvrit les yeux et vit Julien qui soulevait Karine pour la remettre sur ses pieds, puis il aida Omar à son tour.

— Dès que je tourne le dos, tu t'amuses avec ma blonde ! le taquina Julien tout en embrassant Karine sur la joue.

Choquée, elle répliqua :

— C'est pas du tout ce que tu penses, Julien !

Il éclata de rire.

— Ouais ! dit-il en jetant un coup d'œil à Omar, il n'oserait jamais voler la blonde d'un *chum*, n'est-ce pas, mon vieux ?

— Sûrement pas, répondit ce dernier, un peu nerveux.

— Je te crois, Omar. De toute façon, tu ne peux pas t'intéresser à ma blonde...

Julien réalisa qu'il venait de toucher une corde sensible, car les yeux d'Omar brillèrent de colère au souvenir de leur conversation au sujet de son prochain mariage avec Atika.

— Que veut-il dire ? interrogea Karine en se tournant vers Omar.

— Rien d'important, dit-il en quittant la glace.

Les yeux interrogateurs, Karine regarda Julien. Elle voulait éclaircir ce mystère, mais elle le questionnerait plus tard.

Julien sortit une enveloppe de la poche arrière de ses Levis et la remit à Karine, qui la regarda avec curiosité. Puis elle l'ouvrit : c'était une paire de billets pour le prochain spectacle des Colocs.

— Disons que c'est ma façon de me faire pardonner pour l'autre soir. Tu sais, lorsque j'ai quitté la patinoire en furie. Ça fait deux jours que j'y pense. Je n'ai vraiment pas été correct.

— C'est plutôt ma faute, Julien. Je n'aurais pas dû annuler notre sortie à cause d'une leçon de patinage.

— Et moi, le samedi d'avant, je n'ai pas fait mieux. On oublie ça, O.K. ? Et puis, à propos de tes leçons, j'ai réalisé que tu désirais prendre ta place. De plus, si j'en crois Bruno, tu as réellement une chance de faire partie du gala de Noël. Je pense que c'est un défi important pour toi.

Elle se pencha vers lui et l'embrassa.

— Merci, Julien. Tu es vraiment compréhensif.

— Tout le plaisir est pour moi. Je t'aime, Karine, dit-il en l'enlaçant.

Elle lui sourit en guise de réponse. Elle aurait voulu lui dire combien elle l'aimait elle aussi, mais les mots refusaient de sortir de sa bouche. Pourquoi ? se demanda-t-elle.

Elle vit Bruno qui venait les rejoindre. Se délivrant des bras de Julien, Karine l'informa que c'était l'heure de sa leçon. Compréhensif, il sourit.

— On se retrouve au Café du Port ?

— Bonne idée, dit-elle à contrecœur.

Puis elle alla retrouver Bruno.

Mais Karine avait déjà eu une grande leçon aujourd'hui, une leçon qui changerait le cours de sa vie.

7

Karine appréciait l'image que lui renvoyait le miroir de la salle de bain. Son ample chemisier blanc, son blouson de cuir favori (un cadeau de Julien pour son dernier anniversaire), son jean noir moulant et ses bottes lui donnaient un style qu'elle aimait bien. Elle brossa ses cheveux blonds qui effleuraient ses épaules et vérifia son maquillage (seulement un peu de fard à paupières). Ce soir, elle brillerait au spectacle des Colocs.

Elle prit dans la poche de son jean les deux billets achetés par Julien et remarqua qu'ils seraient assis dans le premier rang du parterre. Rien de trop beau pour Julien ! pensa-t-elle.

Le couple aimait assister à des concerts de musique rock, se noyer dans ces rythmes endiablés en compagnie de jeunes qui savaient les apprécier, eux aussi. Peut-être que la magie reviendra ce soir avec Julien ! Peut-être est-il vraiment l'homme de ma vie ! Mais elle n'arrivait pas à fixer toute son attention sur Julien : elle pensait à Omar. Omar qui n'aimait pas ce genre de spectacles, parce que, selon lui, les musiciens n'étaient que des « bruiteurs sans talents ». Elle ne risquait pas de le rencontrer ce soir !

Elle descendait l'escalier pour vérifier par la fenêtre si le taxi que Julien avait appelé pour elle était arrivé, lorsque le téléphone sonna. Fronçant les sourcils, elle décrocha.

— Salut Karine, c'est moi, Julien !

En entendant sa voix, son cœur faillit s'arrêter.

— Qu'est-ce qui t'arrive ? demanda-t-elle, soupçonnant la raison de cet appel de dernière minute.

— Je suis vraiment désolé, mais je ne pourrai pas aller au spectacle.

Karine avala sa salive de travers. Toutefois, elle avait eu l'intuition que quelque chose de ce genre se produirait.

— Pourquoi ? Qu'est-ce qui ne va pas ?

Il y eut un silence au bout du fil. Puis Julien l'informa qu'il avait un rendez-vous au collège pour planifier sa prochaine session. Impossible d'annuler parce que cela pourrait nuire à son entrée à l'université, l'année suivante. Devançant Karine, il ajouta que Virginie serait très heureuse de l'accompagner au concert.

— Elle va te rejoindre chez toi.

Tu as tout organisé, n'est-ce pas ? Mais qu'est-ce que tu manigances ? Une autre fille ? Ou tu ne veux plus me voir, tout simplement, pensa-t-elle.

— Écoute, Karine, tu ne peux pas savoir combien je suis navré. Mais je te promets de me reprendre.

— Oui, Julien, j'en suis certaine, tu te reprends toujours, dit-elle froidement.

Le cœur lourd, elle raccrocha au moment même où Virginie sonnait à la porte.

Julien, lui, raccrocha doucement et sourit, soulagé. Pas de rendez-vous et pas d'autres filles non plus : il venait de raconter un beau mensonge. Mais, ce soir, il n'avait pas envie de voir Karine. Il se demandait ce qui lui arrivait : Karine est importante, pour moi, et je ne veux pas la faire souffrir; ça me briserait le cœur, mais... En fait, Julien ne voulait pas s'avouer la vérité : il ne l'aimait plus autant qu'avant.

* * *

— Écoute-moi, Karine. Je suis vraiment désolé de ne pas t'avoir accompagnée, lui dit Julien, alors qu'ils étaient attablés au Café du Port avec une bande de copains.

— Tu m'achètes des billets pour le spectacle le plus branché en ville, et tu te décommandes à la dernière minute ! riposta-t-elle froidement.

— Mais j'avais ce rendez-vous, ce n'est pas comme si je t'avais laissée tomber. Je t'ai téléphoné tout de même !

— Heureusement ! Au fait, Virginie et moi avons eu beaucoup de plaisir. C'était vraiment formidable !

Julien s'excusa à nouveau en prenant ses mains dans les siennes.

— Je suis navré, mais tu sais combien mes études sont importantes.

— Je sais, reprit-elle, impatiente.

Il lui semblait que depuis les deux derniers mois, leurs discussions tournaient toujours au vinaigre.

— Des fois, je souhaiterais...

Elle s'arrêta mais poursuivit dans sa tête : *Je souhaiterais ressentir quelque chose quand tu prends mes mains dans les tiennes.*

— Tu souhaiterais quoi ?

— Oh, rien... ce n'est pas important.

— Tu me pardonnes ?

— Bien oui, tu es pardonné.

Puis elle mit fin à la conversation en se levant. Elle devait se rendre à la patinoire avec Virginie; elle l'invita à se joindre à elles. Il secoua la tête négativement en prétextant qu'il ne patinait pas assez bien. Elles rirent en quittant le café.

Après leur départ, Omar demanda à Julien :

— Qu'est-ce qui se passe, mon vieux ?

— Qu'est-ce que tu veux dire ? rétorqua Julien innocemment.

Ses yeux se posèrent sur un groupe de jeunes filles exceptionnellement jolies assises à une table au fond du café. Elles parlaient et riaient fort autour d'un pichet de sangria. Julien tendit la main vers son verre de vin, mais Omar, plus rapide, le repoussa, forçant ainsi Julien à le regarder.

— Pourquoi laisses-tu tomber Karine comme ça ? Ça fait deux fois en deux semaines. Et tes raisons...

— Je te l'ai dit, j'ai beaucoup d'études.

— Karine te croit peut-être, moi pas, lui dit Omar en secouant la tête.

Julien serra les dents. De quel droit est-ce qu'il intervient ainsi dans ma vie privée, celui-là ?

— Écoute, je veux seulement garder un peu de temps pour moi... être un peu seul. On se voit presque tous les jours Karine et moi.

— Et quand tu en as assez, tu te cherches des

excuses pour annuler tes engagements. On dirait que tu ne veux plus la voir.

— Fiche-moi la paix, veux-tu ? J'ai mes raisons.

— O.K., mais explique-les à Karine, je suis certain qu'elle comprendra.

— Ouais, et moi je suis convaincu que tu ne comprends rien aux femmes ! Si je fais ça, elle va penser que c'est parce que je sors avec une autre fille, avec Lyne, par exemple.

— Ah oui ! Et ce n'est pas vrai ?

Sur un ton très ferme, Julien reprit :

— Non, jamais je ne ferais une chose semblable à Karine. Je... je l'aime.

— Nous l'aimons tous.

— Quoi ? Qu'est-ce que tu dis-là ?

Omar réalisa qu'il avait trop parlé.

— Nous l'aimons tous comme des amis, précisa-t-il.

— Pour moi, elle est plus qu'une simple amie; je l'aime comme ma fiancée, répondit Julien d'un air songeur.

Tu as une drôle de façon de le démontrer, se dit Omar.

* * *

— Merci pour cette belle surprise, Karine ! lança Bruno en s'appuyant confortablement contre le dossier de sa chaise.

— Je n'avais rien à faire ce soir, alors je suis passée au Palladium en me disant que tu serais peut-être libre.

— Et je l'étais, dit-il en riant. Mais je ne m'attendais pas à ce qu'une de mes élèves m'invite au Sushi... Je sais que tu dois économiser pour payer tes leçons.

— Oh, ce n'est pas si terrible. Et puis, la boutique de disques me donne un bon salaire.

Elle prit une gorgée de saké. J'aurais dû avouer à Bruno que je n'aime pas le goût de ce vin, se dit-elle.

— Les leçons, poursuivit-elle, je crois que ça vaut le coup, étant donné que je pourrai probablement participer au gala des Fêtes.

— Aucun doute, lui dit-il, une main sur la sienne. Puis, il ajouta en riant : Avec moi comme prof, tu ne peux pas échouer !

Karine regarda la main de Bruno. Des sentiments contradictoires l'habitaient, mais le pire, c'était sa culpabilité envers Julien : elle n'était plus à l'aise dans sa relation avec lui, quelque chose clochait. C'était sans doute une des raisons qui expliquait son penchant pour Bruno; l'autre raison possible, c'est que, tout comme Omar l'autre jour à la patinoire, il lui faisait découvrir des sensations nouvelles.

Qu'est-ce que je fais avec lui, ce soir, alors que Julien étudie chez lui pour nous construire un bel avenir ? Et que dirait Omar de mes pensées ?... Qu'Omar dise ce qu'il veut, après tout ce n'est qu'un ami !

Omar ne posait pas sa main sur la sienne, Omar ne lui entourait pas la taille lorsqu'ils patinaient ensemble. Non, il était là depuis tellement longtemps, il faisait partie de sa vie, tout comme sa mère, son père, ses amies.

Bruno, lui, même si elle le connaissait depuis

peu, était excitant, et puis, il lui donnait tellement confiance en elle sur la glace. Il était magnifique, comme la neige qui tombe la nuit de Noël, comme les vitres joliment givrées des fenêtres des maisons lors des gros froids d'hiver. Sa beauté était virile, tellement différente de l'allure juvénile de Julien et de l'aspect sauvage et exotique d'Omar.

— J'espère que tu ne te considères pas seulement comme mon entraîneur, mais aussi comme mon ami, lui susurra-t-elle.

— Bien sûr que je le suis, la rassura-t-il avec chaleur.

Les minutes passaient et Karine se débattait toujours avec ses émotions, douloureusement consciente de la main de Bruno sur la sienne. Finalement, elle ferma les yeux et approcha son visage tout près du sien pour l'embrasser. Elle le sentit se crisper et reculer un peu en retirant sa main. Elle ouvrit les yeux et lut de la surprise dans son regard. Elle réalisa immédiatement son erreur.

— Karine, je crois que tu mêles les choses, dit-il sans méchanceté.

Elle se sentit ridicule; elle souhaita que le sol s'ouvre sous ses pieds.

— J'ai... j'ai cru... bégaya-t-elle sans trouver les mots pour exprimer son embarras.

— Ce n'est pas grave, Karine.

— J'ai cru... C'était si bon de patiner avec toi, de sentir tes bras autour de ma taille... Bon, je suis stupide, n'est-ce pas ? Comme une petite fille qui devient amoureuse de son professeur.

— Tu n'es pas une petite fille, et je n'ai que deux ans de plus que toi. Je ne suis pas seulement ton prof, mais aussi ton ami. Le hic, c'est que je ne suis pas amoureux de toi. Tu n'es pas... comment dirais-je... tu n'es pas mon type de femme.

— Eh bien...

— Julien t'aime, non ? Et je ne crois pas que tu sois le genre de fille à tromper son *chum*.

Elle acquiesça.

— Mais, on est tellement bien quand on patine ensemble, et que tu me tiens par la taille. C'est tellement différent...

— Différent ?

— Julien me prend rarement dans ses bras maintenant, du moins pas de la façon dont toi tu le fais. Et lorsqu'il me serre tout contre lui, je ne ressens plus rien : ni plaisir, ni excitation, ni passion.

— Pourtant, il semble t'aimer beaucoup. Omar et Virginie m'ont avoué qu'il te donne beaucoup de cadeaux.

Elle grimaça.

— Oui, des vêtements qui coûtent une fortune, les derniers disques à la mode, des billets pour les meilleurs spectacles en ville. Mais est-ce que c'est ça l'amour, dis-moi ? Moi, je ne pense pas que l'amour se limite à offrir des objets ou les plus beaux cadeaux d'anniversaire du monde. Quand Julien fait ça, j'ai l'impression qu'il m'achète.

— Que veux-tu dire ?

— C'est comme s'il n'avait pas d'autres façons de me faire plaisir ou de me faire taire. Chaque fois qu'il annule un rendez-vous, peu importe la raison, je suis certaine qu'il va me faire un cadeau pour se faire pardonner. Combien de fois l'as-tu vu se serrer tout contre moi et m'embrasser ailleurs que sur la joue ?

— Tu as peut-être raison.

— Il a changé. Au début, il était tendre; maintenant j'ai souvent l'impression qu'il est à des kilomètres de moi, comme sur une autre planète.

— Il semblait pourtant en colère lorsque tu as annulé ta soirée avec lui à cause de ta première leçon de patinage.

— L'orgueil, il me l'a avoué un peu plus tard et il s'est excusé.

— Avec un autre cadeau ?

Elle acquiesça de la tête.

Bruno lui saisit à nouveau les mains, mais elle comprit que c'était sa façon de lui montrer son amitié, rien de plus.

— Depuis combien de temps le fréquentes-tu ?

— Depuis deux ans, trois ans en janvier.

— Les gens changent Karine, et ils ne sont ni meilleurs ni pires pour autant. Et, tu sais, l'amour s'envole parfois. C'est malheureux, mais c'est comme ça. Même s'il est difficile de couper certains liens, je crois que tu dois laisser Julien.

— Je ne sais pas... peut-être que je l'aime encore.

Il la regarda avec douceur et répondit :

— Je pourrais te le dire, mais tu dois le découvrir par toi-même...

Elle lui sourit, heureuse d'avoir un nouvel ami à qui confier ses problèmes. Elle était certaine de pouvoir se fier à lui : il inspirait confiance.

C'était cette confiance qui lui permettait de patiner si bien lorsqu'elle était en sa compagnie. Et même s'il lui était supérieur comme patineur, il faisait en sorte que son talent à elle soit mis en valeur. Sur la glace, ils faisaient équipe, ils étaient égaux. Chacun pouvait compter sur l'autre. Voilà la véritable amitié, réalisa-t-elle. Mais qu'en était-il du véritable amour ?

Elle se demanda si elle aimait encore Julien et elle souffrit à cette pensée désagréable. Elle n'était plus du tout certaine d'en être toujours amoureuse, et elle ne voulait surtout pas lui briser le cœur. Elle ne savait plus que penser. Elle secoua la tête et, les yeux humides, regarda Bruno.

— Je pense que tu as tort. Julien est tellement bon pour moi, tellement généreux. Je l'aime... je l'aime vraiment.

Bruno sourit aimablement.

— Mais es-tu amoureuse de lui ?

Karine ne put répondre à sa question.

* * *

Karine et Bruno restèrent au restaurant un long moment encore, heureux de leur nouvelle amitié. Bruno était un charmeur, il n'y avait aucun doute. Comme il l'avouait lui-même, il avait développé cet aspect de sa personnalité pour convaincre les mamans des patineuses de débourser encore un peu plus d'argent pour inscrire leur fillette « tellement douée » à plusieurs leçons.

En écoutant Bruno, Karine réalisait à quel point cet homme était différent d'Omar, qui n'avait pas conscience de l'effet dévastateur qu'il avait sur les filles. Son physique imposant, sa mâchoire volontaire et les poils qui dépassaient parfois du col de son t-shirt pouvaient changer la plus triste des journées de novembre en la journée la plus ensoleillée de l'été. Sa démarche altière révélait un gars confiant, sûr de ses moyens. Bon, intelligent, toujours poli et prévenant — même sous les assauts de filles comme Lyne —, Omar avait tout ce qu'il fallait pour charmer les plus coriaces. En fait, Omar ressemblait à un dieu grec. « Le petit gars de la maison d'à côté » se transforma soudain, aux yeux de Karine, en un cadeau tombé du ciel. Mais, elle en était certaine, Omar n'avait pas du tout conscience de ses charmes.

Maintenant qu'elle n'avait plus de doute sur ses sentiments pour Bruno, Omar lui parut encore plus attirant. La fille qu'il aimerait serait la plus chanceuse des filles, décida-t-elle.

Bruno se leva et aida Karine à revêtir son manteau. En se dirigeant vers la sortie, ils virent Lyne arriver avec sa bande habituelle. Ils ne la saluèrent pas, décidant d'un commun accord de l'ignorer.

Lyne vit rouge. Depuis qu'elle avait réalisé qu'Omar n'était pas du tout intéressé par elle, elle avait jeté son dévolu sur Bruno. Or, ce soir, elle enrageait de voir qu'il ne lui avait pas fait le moindre signe de reconnaissance. Pourtant, elle avait cru l'avoir fortement impressionné lors de sa prestation sur la glace. Et voilà que Karine lui volait sous le nez son Bruno. Tremblante de rage et de jalousie, Lyne jura de se venger de ce nouvel affront.

8

La soirée tirait à sa fin au club où Julien et Karine passaient la soirée. La musique disco changea pour un rythme plus lent, plus lascif. Ils se regardèrent, indécis : Devrions-nous?

Autour d'eux, les couples se levaient pour se rendre sur la piste de danse pour un dernier slow. Ils savaient que s'ils se joignaient aux gens qui s'approchaient du bar au lieu d'aller danser comme les autres couples, ils auraient l'air bizarre. Après tout, c'était normal pour des amoureux de s'enlacer sur un air langoureux.

Julien passa ses bras autour du cou de Karine et pressa son corps chaud contre celui de sa compagne qui caressa des doigts ses cheveux blonds. Ils dansèrent, rêveurs. Karine appuya sa tête sur l'épaule de Julien en observant d'un œil les alentours.

Au bar, elle vit Omar commandant une bière à la très jolie serveuse qui semblait très attirée par lui.

Karine vit que le penchant de la fille pour Omar — *son Omar !* — était évident pour tout le monde, sauf pour le principal intéressé, qui prit le verre qu'elle lui tendait en poursuivant une conversation animée avec ses compagnons.

Omar n'était pas venu au club avec Karine et Julien. Ces derniers, par contre, avaient été agréablement surpris lorsqu'ils l'avaient vu accoudé au bar; ils s'étaient approchés de lui pour lui demander de ses nouvelles.

— Es-tu heureuse ?

La question la sortit de sa rêverie.

— Pardon ? J'étais distraite, s'excusa Karine.

— Je te demandais si tu es heureuse, lui dit Julien en lui caressant le dos du bout des doigts.

Karine souriait de plaisir tout en se disant qu'il était normal qu'elle réagisse de la sorte aux câlineries de son *chum*.

Après tout, c'est la façon de réagir lorsqu'un beau garçon masse amoureusement l'épine dorsale de son amie, pensa Karine.

— Bien oui, je le suis. J'ai bien aimé ma soirée, Julien. Très plaisant.

Et elle l'embrassa brièvement sur les lèvres.

Elle ne mentait pas; Julien savait comment lui faire plaisir. Plus tôt, il était venu la chercher chez elle, puis l'avait amenée souper dans un grand restaurant en tête à tête, à la lueur des chandelles. Puis il lui avait proposé de sortir dans ce club à la mode. Ce soir, Julien avait dépensé une petite fortune pour elle, et Karine l'appréciait.

— Je voulais que cette soirée soit vraiment spéciale, dit Julien en jetant un coup d'œil à la serveuse qui s'ingéniait toujours à flirter Omar.

Puis il lança à Karine :

— Il me semble que l'on ne se ne voie pas beaucoup... Est-ce qu'il y a quelque chose qui ne va pas ?

Le corps de Karine se tendit imperceptible-
ment.

— Bien sûr que non. Mais mes leçons de patinage et mon entraînement prennent beaucoup de
mon temps. Je suis donc moins disponible.

Trois semaines s'étaient écoulées depuis sa
conversation avec Bruno au restaurant japonais.
Trois semaines où elle s'était consacrée entièrement au patinage, sous les félicitations et les
encouragements incessants de son entraîneur, satisfait de ses progrès.

— Je vais devenir jaloux, poursuivit Julien.

Mais, devant le visage inquiet de Karine, il la
rassura en l'embrassant sur le front.

— Eh ! je plaisante. Évidemment, au début, j'ai
cru que tu préférais la compagnie de ton entraîneur
à la mienne, mais je sais maintenant que je me
trompais.

Mal à l'aise, Karine relâcha son étreinte et re-
cula d'un pas. *Soupçonne-t-il quelque chose ?*
Pourtant, il n'y aurait jamais rien d'autre entre
Bruno et elle qu'une belle amitié.

— Hé ! qu'est-ce qui t'arrive ?

— Absolument rien ! Je n'ai plus envie de
danser maintenant. On retourne s'asseoir, d'accord ?

— À ton aise, dit Julien avec indulgence.

Karine lui prit la main et l'entraîna hors de la
piste de danse. Elle se dirigea vers le bar pour
rejoindre Omar, qui sourit en les voyant
approcher.

— Ouais ! vous dansiez pas mal collés, railla
Omar en mimant un air de dégoût. Un peu plus, et

on n'osait plus vous regarder !

— Ce que tu peux être romantique, mon vieux ! répliqua Julien en acceptant la bière que lui offrait son copain. Tu ne sauras jamais combien il est bon de danser avec une fille jusqu'à ce que tu tentes toi-même l'expérience.

— Que veux-tu ? Aucune belle sirène n'était disponible, répliqua Omar sur un ton théâtral.

— Oh ! je suis certain que Karine aimerait danser avec toi, rétorqua Julien sans malice. N'est-ce pas Karine ?

Un court silence suivit. Un bref regard échangé entre Karine et Omar.

— Non, répondit-elle finalement.

— Pas d'importance, fit Omar. De toute façon, je n'ai pas vraiment envie de danser.

Surpris, Julien regarda Karine et Omar tour à tour.

— Que se passe-t-il entre vous deux ? On dirait que vous vous fuyez.

— Je... je me suis foulé la cheville en jouant au soccer, et même si je le voulais, je ne pourrais pas danser.

— Pauvre toi, reprit Julien pas du tout convaincu par les propos de son ami. Tu n'es vraiment pas chanceux. Je suppose que c'est arrivé à cause de Jacques Petit ? Un joueur vicieux celui-là.

— C'est vrai. J'ai l'impression qu'il ne m'a jamais pardonné d'avoir refusé d'accompagner sa sœur Claire à la danse du collège.

Omar prit bonne note de son mensonge et se promit de ne pas oublier d'en parler à Jacques afin qu'il puisse confirmer son alibi.

— La pauvre fille a dû pleurer toutes les larmes

de son corps.

Ces paroles sarcastiques venaient d'une voix féminine familière. Les trois amis se retournèrent en même temps et trouvèrent la belle Lyne, vêtue de rouge et de noir, venue leur souhaiter le bonsoir... enfin, c'est ce qu'elle affirmait.

Elle pourrait en trouver une meilleure ! se dit Karine.

— Oh, salut Lyne, s'exclama Omar en lui donnant un petit baiser amical sur la joue.

Surprenant, mais Lyne semblait se contenter de ce petit geste. Difficile à croire, puisqu'il y avait à peine quelques semaines, elle harcelait sans cesse Omar.

Lyne se tourna vers Karine et la salua d'un ton aimable. Vis-à-vis ce nouveau comportement, une cloche tinta immédiatement dans la tête de Karine.

Lyne s'adressait maintenant à Julien et déployait tous ses charmes.

— Je ne t'ai pas vu récemment au Palladium.

— J'avais beaucoup de retard dans mes études. Mais on a notre championne, nous aussi : c'est Karine.

— Naturellement, reprit Lyne. Elle et Bruno sont excellents, une équipe de partenaires très bien assortis. Probablement que leur relation à l'extérieur de la patinoire les aide beaucoup. Je les vois partout : au Café du Port, au Sushi, partout, dit-elle suavement.

Julien fronça les sourcils. Il allait souvent au Café du Port avec Karine, Virginie et, à l'occasion, avec Bruno, mais jamais au restaurant japonais.

Karine fusilla Lyne du regard.

— Tu ne m'avais pas dit ça, Karine.

— J'ai oublié.

Embarrassée, elle se souvint qu'elle avait délibérément décidé de ne pas en parler à Julien. Après tout, ce n'était pas si important.

Lyne posa une main sur l'épaule de Karine.

— Ma chère Virginie...

— Je m'appelle Karine.

— Je me trompe toujours. J'espère que je ne dévoile pas un secret !

Karine allait répliquer lorsque Lyne retira sa main et prit celle de Julien.

— Ne te fais pas de fausses idées. Il ne s'est rien passé entre eux, lui dit-elle.

— J'en suis certain. Karine n'est pas ce genre de filles-là.

Comment ose-t-il me prendre pour acquise ainsi ? se demanda Karine.

— Non, surtout quand on a un *chum* aussi beau, conclut Lyne d'une voix doucereuse.

Puis, semblant satisfaite d'avoir semé le doute, elle s'excusa auprès d'eux et les quitta.

— C'est une gentille fille, affirma Julien.

Karine lui jeta un regard curieux et répliqua pour le taquiner :

— Tu trouves ?

Julien rougit.

— Bah ! je l'ai vue à la patinoire et...

— Bien sûr, on ne peut pas la manquer, celle-là, avec ses vêtements aussi colorés qu'un arbre de Noël !

— Je pense qu'elle est très seule.

Karine vit que Lyne, qui se faufilait avec grâce entre les tables, était suivie par les yeux admiratifs de presque tous les hommes présents.

— Elle est toujours seule, hein ? dit Karine. Elle est entourée, mais elle n'a pas d'amis, de vrais amis, j'entends. Sans doute parce qu'elle est mesquine avec les gens. Enfin, les filles la détestent, elle flirte toujours avec leurs copains... tu as remarqué tantôt, elle n'a pu s'en empêcher avec Omar.

— Que veux-tu dire ? interrogea Omar en riant. Je suis plutôt bien de ma personne... enfin c'est ce qu'on me dit parfois.

Excitant ! Excitant, Omar ! Tu es un gars superbe, cher ami ! pensa Karine.

— De toute façon, elle doit savoir qu'elle perd son temps avec toi, dit Julien à Omar. Mais quand même, elle ne peut s'empêcher de te faire de l'œil. Sans doute une habitude chez elle de vouloir plaire à tous les gars.

— Je suis une cause perdue, n'est-ce pas ? suggéra Omar. Mais dans ton cas, c'est différent, pas vrai ?

Omar rit de son humour et donna une tape amicale à son copain.

Soudain, l'atmosphère se refroidit. Karine et Julien échangèrent un regard inquiet. Omar venait-t-il de mettre le doigt sur une vérité que ni l'un ni l'autre n'osait admettre ?

Omar, réalisant l'effet de ses paroles, frappa des mains pour faire diversion.

— Bon, ça suffit de psychanalyser Lyne-la-courailleuse. Pensons plutôt à ce que nous ferons demain soir. On va toujours au cinéma ?

Plus tôt dans la journée, Karine, Julien, Omar et Virginie avaient convenu d'aller voir un film encensé par la critique : Une vision tendre et inoubliable de l'amour : *la trahison et la passion éternelle*, relatait le journal que Virginie avait consulté. Omar avait cependant grogné en affirmant que les films d'amour, c'était toujours du pareil au même. Pourquoi ne pas aller voir un bon film de guerre ou de science-fiction ? Virginie avait secoué la tête, désespérée par l'attitude de son ami. Elle et Karine avaient tout de même réussi avec force d'arguments à le convaincre de changer d'idée.

— Toujours le même film à l'horaire ? questionna Omar.

— Eh oui ! Et puis, ce film, tu vas peut-être l'apprécier malgré tout, lui lança Julien.

— On dit même qu'il est en nomination pour un Oscar.

— Ah bon !

Karine entra dans le jeu de Julien et le taquina à son tour.

— Tu n'as pas de cœur... aucun goût pour le romantisme !

— Au contraire, se défendit Omar.

Après un court silence, Julien rétorqua :

— Alors, prouve-le !... retrouve-nous à sept heures trente, demain soir, comme prévu. Et après le film, je vous invite tous au Café du Port; ce sera ma tournée.

Julien sourit en regardant sa montre. Une heure trente, il était temps de rentrer à la maison. En passant un bras autour de la taille de Karine, il lui offrit de la laisser chez elle.

— Tu viens avec nous, Omar ? lui demanda Julien.

— Non, merci. Vous avez sans doute envie

d'être seuls.

Karine crut percevoir un léger regret dans sa voix. Se trompait-elle ?

— Je vais faire une bonne marche. J'en profiterai pour réfléchir à certaines choses qui me tracassent.

— Comme tu veux, répliqua Julien en remarquant un changement d'attitude chez son copain.

Songeuse, Karine observa Omar. Il semblait tellement seul et vulnérable parmi tous ces couples qui s'embrassaient sur la piste de danse. Sur son visage, de l'envie et de la tristesse. Omar paraissait au bord des larmes. À cet instant, Karine aurait préféré rester auprès de lui.

— Allez, Karine, il se fait tard ! lui rappela Julien en lui prenant le bras.

Puis jetant un dernier regard à Omar, elle se laissa entraîner par Julien vers la sortie.

9

— Super, Virginie ! s'exclama Bruno alors qu'elle venait d'exécuter un « huit » parfait.

— Tu es sincère ? lui demanda-t-elle en s'arrêtant à ses côtés dans un mouvement gracieux.

— Je ne fais jamais des compliments gratuits à mes élèves. Tu fais d'immenses progrès, je t'assure !

Ce bel Adonis lui faisait-il vraiment des compliments, à elle ? se dit Virginie qui n'en croyait pas ses oreilles. Est-ce mon imagination qui me joue des tours ? Mais non, ma leçon est terminée depuis un quart d'heure ! Bruno me consacre beaucoup de temps, beaucoup plus qu'à ses autres élèves... et il ne me demande pas un sou de plus ! Virginie rêvait sûrement : il lui semblait impossible qu'un garçon aussi beau puisse avoir un penchant pour elle.

— J'ai toujours aimé patiner, mais je ne me suis jamais très bien débrouillée, lui confia-t-elle. Si j'ai fait tant de progrès, c'est grâce à toi !

Riant sous cape, il prit sa main et l'entraîna vers la sortie, lui signifiant ainsi que sa leçon était terminée.

— Tu sais, Karine me disait exactement

la même chose il y a quelques jours. J'ai bien peur que toutes vos louanges ne finissent par me monter à la tête !

— Malgré tout, même avec le meilleur entraîneur, jamais je ne deviendrai aussi bonne patineuse que Lyne... et puis elle est tellement belle.

Bruno prit son menton entre ses doigts et la força à relever la tête.

— C'est vrai, Lyne est une excellente patineuse qui a l'art de donner des spectacles impressionnants. Mais, tu sais, sa beauté, c'est seulement du tape-à-l'œil. Beaucoup d'hommes n'aiment pas ce type de femmes, qui s'affichent trop.

— Ah ! tu as remarqué ?

— Je ne suis pas aveugle ! Pour moi, il n'y a pas que l'apparence qui compte. L'important, c'est ce que dégage une fille : sa personnalité, son intelligence, par exemple. Pour moi, ce n'est pas le nombre de têtes qui se retournent au passage d'une fille, c'est ce qu'elle est vraiment.

Ne sachant que répondre, Virginie consulta sa montre : dix-huit heures.

— Lyne n'est pas encore arrivée ? Pourtant, c'est l'heure de son spectacle quotidien.

Bruno haussa les épaules.

— Je ne m'en étais pas rendu compte parce que je t'observais.

— Comme un bon professeur...

...à la conscience professionnelle hautement développée ! Comment pourrait-il s'intéresser à moi autrement? Moi la fille-tout-ce-qu'il-y-a-de-plus-ordinaire, je ne suis qu'une élève pour lui ! se dit-elle.

— Naturellement, confirma-t-il.

Bruno l'embrassa sur la joue. Virginie alla au vestiaire se doucher, tandis qu'il attendait sa prochaine élève sur la glace : Une petite fille de neuf ans follement amoureuse de lui. Il aperçut Julien et, du coin de l'œil, détailla sa tenue. Il avait une allure décontractée, habillé d'un jean Levis, d'une veste noire et tenant un parapluie rétractable à la main. Bruno allait le rejoindre lorsque Julien lui fit un léger signe de tête.

Depuis qu'il était rassuré au sujet des rapports qu'entretenaient Karine et Bruno, Julien avait pris un café avec lui à quelques reprises. Même s'il n'était pas question de grande amitié entre eux, ils se respectaient. Mais Julien devait s'avouer qu'il était un peu jaloux malgré tout de l'attrait qu'exerçait Bruno sur les filles.

— Est-ce que Karine est ici ? lui demanda-t-il. J'ai passé plusieurs coups de fil chez elle aujourd'hui, mais personne n'a répondu.

— Quelque chose qui ne va pas ? interrogea Bruno en voyant l'anxiété de Julien.

— Euh... non, pas vraiment.

Puis se reprenant :

— Eh bien, oui. Nous nous sommes donnés rendez-vous au cinéma Karine, Virginie, Omar et moi et...

— ... et tu as un empêchement, enchaîna Bruno.

— De taille, j'ai un devoir d'histoire à remettre bientôt et je n'ai pas encore ouvert mes livres, se défendit Julien en évitant de le regarder.

On dirait qu'il cache quelque chose, pensa Bruno.

Julien, parce qu'il haussa les épaules, confirma

l'hypothèse de Bruno.

— Virginie est au vestiaire. Attends qu'elle ait terminé, et tu pourras lui apprendre la nouvelle toi-même, l'informa Bruno sur un ton sarcastique.

— Bonne idée... mais je ne peux pas attendre : je vais être en retard. Me ferais-tu la faveur de lui transmettre le message ?

Julien croyait-il vraiment le leurrer avec son histoire de devoir ? Néanmoins, il lui promit d'informer Virginie.

— Tu es super... et merci beaucoup. Je t'en dois une, vieux ! répondit Julien, soulagé d'éviter une explication avec Virginie.

— Je n'oublierai pas, ajouta Julien.

— Au fait, ton devoir, tu le fais seul ou en équipe ?

Julien fronça les sourcils. En quoi cela pouvait-il intéresser Bruno ? Avait-il deviné que sa relation avec Karine n'était pas au beau fixe depuis quelque temps ?

— En équipe. Je me sauve; je suis déjà en retard.

Virginie sortit du vestiaire, les patins à l'épaule, au moment même où Julien quittait le hall d'entrée. Elle rejoignit Bruno. Songeur, il se grattait machinalement le menton, mais lorsqu'il vit Virginie, son visage redevint joyeux.

— J'ai vu Julien qui courait à la vitesse de l'éclair. S'il courait aussi vite sur un terrain de soccer, il ferait un malheur.

Bruno sourit gentiment à Virginie.

— Oui, il cherchait Karine pour lui annoncer qu'il ne pourrait pas aller au cinéma ce soir.

Puis, après une profonde inspiration, il lâcha

d'une traite pour ne pas trahir les doutes qu'il avait au sujet de la raison qu'avait invoquée Julien :

— Il m'a parlé d'un devoir qu'il devait remettre bientôt.

— Eh bien, je n'irai pas, moi non plus. Ce film d'amour ne me dit rien... Non, ce n'est pas vrai. Pour être honnête, je dois t'avouer que ces histoires me bouleversent, et puis, elles me font sentir si seule ! Je déteste ce sentiment. Ça serait tellement différent si j'avais un *chum*. Karine et Omar iront le voir ensemble, voilà tout !

— Ne t'inquiète pas, Virginie, un *chum*, tu en auras un, toi aussi. Tu es belle, intelligente et d'agréable compagnie, la rassura Bruno en lui caressant le dos.

Un frisson parcourut Virginie de la tête au pieds. Bruno venait de lui dire qu'elle était jolie ! Mais elle tenta de se raisonner : *Un compliment pour être gentil, ma fille, c'est tout !*

— C'est faux, je suis grassouillette, grosse même en comparaison de Lyne.

— Ce n'est pas vrai ! Arrête de te comparer à cette fille. Et puis, tu devrais savoir que ce ne sont pas tous les garçons qui aiment les « échalotes » à tête de linotte ! J'attends toujours ma prochaine élève pour ma dernière leçon; elle ne devrait plus tarder maintenant. Ensuite, on pourrait peut-être faire quelques tours de patinoire ensemble. Et, plus tard, est-ce que ça te dirait d'aller au Café du Port ?

Elle fit non de la tête.

— Je n'ai pas assez d'argent pour me payer une leçon de patinage supplémentaire, dit-elle en feignant d'ignorer sa deuxième proposition le cœur pourtant plein d'espoir.

Bruno veut sortir avec moi ?

— Eh, Virginie, relaxe, sinon tu n'auras jamais de plaisir. Et puis, je ne te parlais pas d'une leçon; je veux seulement patiner avec toi.

* * *

Omar essuya rapidement une larme en espérant que Karine ne se soit pas aperçue de son émotion. La critique avait raison : le film, romantique à souhait, valait vraiment le déplacement.

— Ah ! ah ! tu es un grand sentimental dans le fond, bien plus que moi !

Il lui donna un coup de poing amical dans les côtes, puis tourna de nouveau les yeux vers l'écran. L'histoire racontait la vie émouvante d'une fermière qui se voyait obligée de faire un choix entre les deux hommes qu'elle aimait.

Omar sentait le bras chaud de Karine tout contre le sien; un agréable frisson traversa son corps. Puis, plus rien. Karine venait de bouger dans son fauteuil. Omar ressentait encore le doux effleurement, comme si le bras de son amie l'avait marqué d'une légère brûlure. Bouleversé par cette sensation qu'il ne s'expliquait pas, Omar croisa les jambes et tenta d'être attentif à l'histoire qui se déroulait sous ses yeux.

À l'écran, la fermière pleurait la perte de son amant causée par les vilenies et les machinations de la courtisane locale.

— Comme elle est belle, s'était exclamée Karine au début du film. Elle ressemble un peu à Lyne, tu ne trouves pas ?

— Non, pas vraiment, avait répondu Omar.

Toi, tu es cent fois plus belle qu'elle ! n'avait pas osé ajouter Omar.

Omar tourna la tête de nouveau vers Karine. Ses yeux brillaient et les larmes inondaient ses joues. Omar aurait voulu tendre la main vers ce beau visage attristé, essuyer les yeux de Karine, puis laisser courir ses doigts dans ses cheveux soyeux et dorés comme les blés.

En voilà des idées ! C'est la blonde de mon meilleur ami ! fit-il en colère contre lui-même. Alors, il croisa les bras sur sa poitrine, comme pour emprisonner ses émotions dans son cœur.

Karine, à son tour, le regarda. Omar, le joyeux luron, s'était renfrogné au fond de son fauteuil et semblait troublé. Elle tourna la tête vers l'écran en soupirant. Elle aurait tout donné pour le soulager de ses tourments.

Ils demeurèrent ainsi, en silence, chacun à ses pensées, jusqu'à ce que le générique apparaisse. Les lumières s'allumèrent au moment où Omar séchait ses larmes.

En avançant dans l'allée, Omar posa sa main dans le dos de Karine et la poussa légèrement. Un geste tout naturel dans les circonstances, mais qui, ce soir, lui paraissait lourd de sous-entendus.

Dehors, une froide pluie d'automne tombait toujours. Omar ouvrit son parapluie, passa son bras autour de la taille de Karine et l'attira contre lui pour la protéger de l'averse.

— Un très beau film. Virginie et Julien seront déçus, commenta Karine.

— C'est bizarre que ni l'un ni l'autre n'ait téléphoné pour nous avertir de leur absence, ajouta Omar.

— Ouais, mais j'ai beaucoup apprécié ma soirée avec toi, Omar.

— Moi aussi... beaucoup, dit-il en la regardant.

Seulement des amis... Mais ces trois mots sonnaient faux aux oreilles d'Omar.

— Où allons-nous maintenant, mademoiselle Delorme ?

— Si Julien était avec nous, il nous proposerait sans doute un pub ou un restaurant à la mode.

— Pour qui me prends-tu ? Je suis fauché, moi, se moqua-t-il à son tour. Tu vas te contenter d'un cappucino au Café du Port, c'est tout ce que je peux t'offrir.

— D'accord pour le Café du Port !

Sous le parapluie, bras dessus bras dessous, ils éclatèrent de rire.

Seulement des amis...

— Te souviens-tu des orages lorsque nous étions enfants. Dès le premier coup de tonnerre, je sautais la clôture pour aller me réfugier auprès de toi, dans le hangar de ton père. On l'appelait « la petite maison ».

Il eut un petit sourire.

— Bien sûr, je m'en souviens. Tu avais tellement peur, et seul le brave Omar pouvait te rassurer un peu.

— Menteur ! tu avais aussi peur que moi, sinon plus. La preuve : Tu étais toujours à l'abri avant moi !

— Une petite peur... seulement une petite peur.

— On se ressemblait, on se comprenait, Omar. On était bien ensemble, une belle paire : Tu prenais soin de moi et je prenais soin de toi. Je souhaitais même qu'il y ait plus souvent des orages. Nous avions besoin de la présence de l'un et de l'autre pour nous réconforter...

Seulement des amis...

— Deux petits chats peureux. Voilà de quoi on avait l'air, répliqua Omar. Mais maintenant, Julien est là.

Ni Karine ni Omar n'osaient s'avouer les sentiments qui les envahissaient à cet instant.

— Julien prend soin de moi, me gâte avec des cadeaux, s'assure que tout va bien, dit Karine en posant la tête sur l'épaule de son ami.

— Et il te tient la main lorsqu'il y a des orages, plaisanta-t-il.

Seulement des amis...

— Oui, mais il ne me permet pas de prendre soin de lui à mon tour. Jamais je n'ai pu lui payer un repas au restaurant, alors que toi, tu sais l'accepter quand je te l'offre.

— Même avec mon travail, j'ai de la difficulté à joindre les deux bouts. Un repas gratuit, je ne peux pas refuser ça ! s'exclama-t-il en riant.

— Et puis Julien n'aurait pas pleuré pendant le film, comme toi.

— Ah, mais je t'accompagnais dans tes larmes ! Je me disais que ça pourrait peut-être te réconforter d'avoir quelqu'un qui partageait ta peine. En fait, je suis sensible à la tristesse des autres.

— Très touchant, mais je pense plutôt que tu es un grand sentimental !

— Ne parle de ça à personne, ma réputation pourrait en souffrir.

— Je vais y penser, répondit Karine en se pressant un peu plus contre lui.

Seulement des amis...

— Parlons-en de ta réputation, enchaîna Karine. Elle en prend pour son rhume sur la glace du Palladium ! Tes progrès ne sont pas remarquables. La tour de Pise est penchée, mais elle tient toujours debout, alors que toi...

Karine se souvint du jour où Omar et elle avaient patiné ensemble la première fois. *Ce jour-là, j'ai su que tu avais besoin de moi et que j'avais besoin d'être utile à quelqu'un.*

— Je vous en prie, mademoiselle, ne me faites pas rougir, dit-il sur un ton qui se voulait désinvolte. Laissons ces histoires d'orages et de patinage, je n'aime pas qu'on me rappelle mes faiblesses.

Karine s'arrêta et le regarda droit dans les yeux.

— Ne t'inquiète pas, tu ne projettes pas du tout cette image.

— Karine, je... je ne sais plus quoi ajouter.

Seulement des amis...

Nerveusement, il regarda autour de lui. Des passants les frôlaient, plus préoccupés par la pluie que par la conversation de deux amis sous un parapluie. Il remarqua le café d'Alexandre Doré de l'autre côté de la rue et aperçut par la vitrine la lueur chaleureuse et invitante des chandelles déposées sur les tables.

Il leva la main vers son menton, mais son geste fut brusquement interrompu. Surpris, il baissa les yeux et vit les longs doigts de Karine envelopper tendrement son avant-bras.

— Karine...

Seulement des amis...

Et l'inévitable se produisit. Comme la nuit fait

120

place au jour, comme les vagues de la mer viennent s'étaler sur le sable chaud, comme un aimant attire les métaux, Omar baissa la tête vers le beau visage de Karine. Les yeux fermés, leurs lèvres s'effleurèrent, puis se firent ardentes : un long baiser, sensuel, passionné.

Elle sentit le contact rugueux de sa barbe sur ses joues, fit courir ses doigts dans ses longs cheveux noirs, puis caressa son cou musclé. Ainsi enlacés, leurs corps ne faisaient plus qu'un. Un couple laissant libre cours à la passion du cœur, sous un parapluie, seul au monde. La pluie, les passants n'existaient plus. Julien n'existait plus...

Omar sourit et caressa les joues douces de Karine. Il dessina son menton du bout des doigts, légèrement, comme s'il était en porcelaine. Il avait abaissé son parapluie, la pluie mouillait ses cheveux, et de fines gouttelettes faisaient briller ses longs cils noirs. Aux yeux de Karine, il ressemblait à une belle créature légendaire, à un magnifique prince sortant des océans.

Omar la tenant fermement contre lui, frotta son nez dans son cou, enfouit son visage dans sa chevelure, l'embrassa encore. Puis, il se raidit, l'éloigna de lui. Il regarda longtemps Karine : la femme qu'il aimait. Son amour pour elle était inscrit sur son visage, mais la culpabilité et la peur aussi.

— Non, Karine ! s'exclama-t-il en secouant la tête.

— Qu'est-ce qui ne va pas ? dit-elle en tentant de se blottir de nouveau dans ses bras.

— Nous ne devons pas, murmura Omar. Ce n'est pas... correct.

— Omar, je t'aime. Je le sais maintenant.

— Tu es la blonde de mon meilleur ami. Il n'y a donc pas d'avenir pour nous, dit-il, la voix brisée par l'émotion.

— Mais...

— Aimes-tu Julien ? lui demanda-t-il.

— Je ne sais pas.

Et Omar ne fit aucun geste pour cacher les larmes qui coulaient sur son visage.

— Je ne peux pas le trahir. On est copains, on fait du sport ensemble, on prend une bière ensemble. Tu ne peux pas comprendre !

— Omar...

— Oublions cette soirée, veux-tu ? Agissons comme si rien ne s'était produit.

— On n'oubliera pas, Omar.

— Nous sommes seulement amis, d'accord ? ajouta Omar, froidement.

Puis il se détourna et s'en alla les épaules affaissées, ses larmes se mêlant à la pluie qui n'en finissait plus de tomber.

Des amis, seulement des amis... se répétait-il. *Et maintenant, nous ne sommes plus seulement des amis, mais deux cœurs brisés.*

Deuxième partie

10

Les semaines qui suivirent la soirée au cinéma avec Omar ne furent que tristesse et désespoir pour Karine, une véritable descente aux enfers. Elle l'évitait le plus possible, tentant de se convaincre que la passion qui lui rongeait le cœur s'émousserait si elle ne le voyait plus. Mais malgré tous ses efforts, Karine était continuellement torturée au plus profond d'elle-même entre son nouvel amour pour Omar et son affection pour Julien.

Elle se jeta corps et âme dans la pratique du patinage artistique au Palladium. Elle savait qu'Omar travaillait toujours au casse-croûte du centre. À chaque tour de patinoire, Karine levait les yeux vers la grande fenêtre, espérant y voir son ami.

Parfois elle l'apercevait. Leurs yeux se croisaient un court instant, puis Omar allait reprendre ses tâches en compagnie de l'adorable jeune serveuse qui travaillait avec lui.

Le coup de patin de Karine s'améliorait tous les jours. Bruno ne cessait de la complimenter sur ses énormes progrès. D'après lui, même si elle avait dû réduire son nombre d'heures d'entraînement à cause de ses études, il était convaincu qu'elle serait fin prête pour présenter au gala de Noël le numéro qu'il avait spécialement préparé pour elle.

Patiner avec Bruno lui apportait un certain calme, elle relaxait dans ses bras, comme une petite fille réconfortée par son grand frère. Au cours des semaines, Karine et Bruno étaient devenus de très bons amis, et elle riait d'elle-même au souvenir de ses sentiments confus pour lui, il n'y avait pas si longtemps. Une pensée lui revenait sans cesse : Est-ce que je crois aimer Omar tout comme j'ai cru aimer Bruno ?

Les jours suivants leur mémorable sortie au cinéma, Karine avait essayé d'approcher Omar pour discuter de la situation, mais chaque fois qu'elle se montrait le bout du nez au casse-croûte, il invoquait une tâche urgente à terminer.

Elle se souvenait plus amèrement encore de cette fois où, en compagnie de Virginie et de Julien, elle l'avait croisé au Café du Port; il était attablé avec des copains. Après l'avoir saluée froidement, il avait inventé une raison pour s'éclipser le plus rapidement possible. En se retournant vers ses deux amis, Karine n'avait pas vu l'angoisse sur le visage d'Omar lorsque, de l'entrée du café, il avait lancé un dernier regard dans sa direction.

— Ouais, Omar est plutôt taciturne ces jours-ci, remarqua Julien.

— Je suis inquiète pour lui, dit Virginie. L'autre jour, je lui ai demandé ce qui n'allait pas... eh bien, j'ai cru qu'il allait exploser de rage. Et toi, Karine, aurais-tu une petite idée de ce qui lui arrive ?

Karine jouait distraitement avec l'anse de sa

tasse de café.

— Moi ? Pas du tout, mentit-elle.

Elle étendit le bras sous la table pour prendre la main de Julien, comme si ce simple geste affectueux pouvait lui faire oublier Omar. Autant Karine avait tenté d'éviter le plus possible les caresses de Julien pendant les vacances d'été, autant elle les recherchait depuis quelques jours, comme si elles étaient un baume pouvant calmer son profond désespoir.

Julien serra légèrement sa main, et la retira presque aussitôt.

— Comment ça va les études, les filles ?

— Très bien. Mais j'envie Omar qui a pris une année sabbatique, répondit Virginie.

— Laissez Omar à son travail et à ses problèmes, d'accord ? S'il veut jouer au petit gars malheureux, ça le regarde, non ?

Irritée, Karine se leva d'un bond. Elle massa son front tendu pour chasser un mal de tête lancinant.

Julien s'approcha d'elle et entoura ses épaules.

— Est-ce que ça va, Karine ?

— Oui, oui, je vais très bien.

Si Julien parut rassuré, Virginie, pour sa part, ne l'était pas du tout, car l'attitude de son amie contredisait ses paroles.

— Il est tard, je crois qu'il serait temps de rentrer à la maison, dit Julien en faisant signe à la serveuse pour qu'elle apporte l'addition.

Karine fit un geste pour prendre son sac à main. Mais Julien l'arrêta.

— Julien, tu as payé le repas au restaurant et tous les cafés !

— Ça ne sera jamais assez pour toi, dit-il sur un ton désinvolte.

— Mais...

— Nous nous voyons si peu, c'est le moins que je puisse faire, non ?

Virginie remarqua l'embarras soudain de Julien. Karine semblait trop absorbée par ses propres problèmes pour s'apercevoir du malaise de son *chum*.

— C'est ma tournée, O.K. ?

D'un léger mouvement de tête, Karine acquiesça, persuadée qu'elle n'avait aucune chance de gagner la partie. Mais, alors que Julien plongeait la main dans sa poche pour sortir son argent, Virginie gémit et se leva en tremblant.

— Je... je me sens un peu faible. Veux-tu m'accompagner aux toilettes ?

Mais Karine, tout à ses problèmes, ne remarqua pas les joues roses de son amie, son visage radieux et sa taille plus mince (pas plus d'ailleurs qu'elle ne s'était aperçue de ses absences répétées au Café du Port — où la bande se donnait rendez-vous presque tous les soirs —, ni de celles de Bruno). Inquiète pour Virginie, elle la suivit aussitôt.

Julien sourit à la serveuse, témoin de la scène.

— Je ne vous comprends pas les filles. Pourquoi toujours vous rendre aux toilettes ensemble ?

— Pour parler des gars, tout simplement.

— Et qu'est-ce qu'il y a d'intéressant à en dire ?

La jolie serveuse lui donna une petite tape sur le nez.

— Je ne te révélerai pas nos secrets.

Déçu par ce refus, Julien détourna les yeux de

la serveuse et regarda la porte qui se refermait derrière Karine et Virginie.

* * *

— Veux-tu bien m'expliquer ce qui t'arrive, Karine Delorme ? lança Virginie dès leur entrée aux toilettes.

— Il me semble que c'est à toi de me fournir des explications : tu ne te sens pas bien, pas vrai ?

— Un mensonge pour t'éloigner de Julien.

Surprise par le manège de son amie, Karine la regarda sans comprendre où elle voulait en venir.

— Que se passe-t-il entre Omar et toi ? On dirait que vous êtes tombés sur la tête !

— De quoi parles-tu ? interrogea Karine en se regardant dans le miroir.

— Je ne suis pas idiote. Chaque fois qu'on mentionne ton nom devant lui, il se ferme comme une huître, et, toi, tu explodes comme une marmite à pression.

— Je suis tout simplement irritée que l'on parle toujours des sentiments d'Omar, c'est tout.

— Et pourquoi prend-il toujours la fuite dès qu'il te voit ? Karine, je n'aime pas ça quand mes deux meilleurs copains se chicanent.

— Tu te trompes. Au contraire...

Elle se mordit la lèvre; elle en avait trop dit.

Perspicace, Virginie commençait à voir clair dans l'histoire de son amie.

— Karine, il s'est passé quelque chose entre Omar et toi, n'est-ce pas ? poursuivit-t-elle doucement.

Karine réfléchissait aux dernières semaines :

elle avait analysé son problème de mille et une façons. Elle s'était sentie tellement seule, alors qu'elle aurait aimé pouvoir partager ses tourments avec son amie ou monter sur les toits et crier son amour au monde entier : J'aime Omar, je vais l'aimer jusqu'à mon dernier souffle de vie !

— Il y a une quinzaine de jours, au cinéma...

— Le soir où nous nous étions donnés rendez-vous, n'est-ce pas ? l'interrompit Virginie. Je me souviens, Bruno n'avait pas bien compris le message de Julien, il pensait que la sortie était annulée.

Virginie se rappela cette première soirée passée en compagnie de Bruno. Un secret bien gardé, car Bruno lui avait demandé de n'en parler à personne. Il craignait que Juliette Côté ne soit mécontente de lui. Bruno avait attendu un bon moment sa jeune élève, mais après une demi-heure à patiner avec Virginie, et la fillette n'étant toujours pas là, il avait pris la décision de quitter l'aréna, sans demander la permission à sa patronne. Si jamais elle l'apprenait, Bruno risquait de perdre sa place d'entraîneur : Juliette Côté était très stricte sur les heures de travail de ses employés.

— Eh bien, à la sortie du cinéma, dehors sous la pluie, nous nous sommes...

— Karine, tu as trompé Julien ! s'enflamma-t-elle.

— Tu charries ! Nous nous sommes seulement... embrassés. Un geste spontané, imprévu. Oh, Virginie, je me sentais si bien dans ses bras ! Sur le coup, j'avais la nette impression qu'Omar et moi étions *faits* l'un pour l'autre. C'était tellement différent des sensations que j'éprouve avec Julien.

Karine ferma les yeux et son visage s'illumina de bonheur au souvenir du corps ferme d'Omar pressé contre le sien, de ses lèvres passionnées sur sa bouche et...

— Mais, Karine, tu ne peux pas aller d'un garçon à l'autre comme ça ! s'exclama Virginie, interrompant ainsi la rêverie de son amie.

— Je dois faire un choix, je le sais bien. Mais je suis bouleversée à l'idée que l'un ou l'autre souffrira de ma décision. Je t'avoue que même en compagnie de Julien, mes pensées sont toujours tournées vers Omar qui, pourtant, ne veut plus me voir.

— As-tu pensé qu'Omar pouvait être aussi bouleversé que toi à l'idée de perdre son meilleur ami ?

— Non.

— Si Julien découvre votre aventure, Omar en entendra parler, c'est sûr ! Tu sais combien il est possessif : il te protège, te couvre de cadeaux, comme si tu étais sa petite fille.

— Oui, Julien est très gentil avec moi, et j'apprécie ses attentions, admit Karine.

— Ou Omar a peut-être peur de s'engager avec toi. Les gars sont bizarres parfois. Ils flirtent avec toutes les filles, mais quand les choses deviennent plus sérieuses, on dirait qu'ils ont la trouille.

— Omar ne flirte pas les filles, s'indigna Karine. Et puis il n'a jamais eu de blonde.

— Non, seulement une « promise ».

Le mariage arrangé par le père d'Omar n'était pas un sujet qu'elles abordaient fréquemment. Elles l'avaient appris par Julien qui le leur avait confié en leur faisant jurer de garder le secret.

— Omar n'épousera jamais cette fille, affirma Karine sur un ton catégorique.

— Pas plus qu'il ne sortirait avec une fille comme Lyne ?

— Lyne ? Je l'avais complètement oublié celle-là !

— Tu te souviens de la façon dont elle a déployé tous ses charmes pour séduire Omar dès qu'il a mis les pieds à l'aréna, et de sa manière de réagir lorsqu'elle s'est aperçue qu'ils n'avaient aucun effet sur Omar ? Elle n'accepte pas les échecs avec les gars, alors elle se jette sur le premier venu.

— Bruno, par exemple.

— Bruno ?

— Oui, toutes les fois qu'elle le voit, elle fait son numéro de patinage pour l'impressionner.

— Je n'avais pas remarqué, répondit Virginie sur un ton glacial.

En fait, elle avait bien découvert le petit manège de Lyne parce que Bruno ne pouvait s'empêcher d'admirer ses étonnantes performances sur la glace.

— Je crois que Bruno est aussi une cause perdue pour elle, il ne la regarde pas avec le même intérêt qu'avant. Il est peut-être en amour avec une autre fille.

Virginie eut un drôle de sourire. Comme elle aurait aimé se confier à Karine. Un jour, peut-être.

— Tu dois t'expliquer avec Omar; vous ne pouvez pas vous fuir continuellement. Dis-lui que vos baisers ne signifient rien pour toi. Je ne sais pas, moi... que tu as perdu ton sang-froid... enfin, quelque chose du genre.

— Impossible ! protesta Karine. C'est la plus belle chose qui me soit arrivée de toute ma vie. Je ferais n'importe quoi pour me retrouver de nouveau dans les bras d'Omar.

— Je te le répète, Karine : tu dois choisir. Omar a peut-être fait son choix en s'éloignant de toi.

— Ne dis pas ça !

— Tu es la blonde de son meilleur ami. Comment penses-tu que tu te sentirais, toi, si je te volais Julien ?

— Je...

Comment se sentirait-elle : fâchée ? outragée ? trahie ?... *Ou bien soulagée parce qu'il n'y aurait plus d'obstacles entre elle et Omar ?*

— Aimes-tu Omar ?

— ...

— L'aimes-tu, Karine ? .

— Oui, je l'aime. Depuis que je le connais, depuis mon enfance.

— Aimes-tu Julien ?

Karine réfléchit un moment.

— Oui, je l'aime.

Virginie secoua la tête tristement.

— Tu ne peux pas les aimer tous les deux. Tu es dans la vraie vie, Karine, pas dans un conte de fées. Tu dois choisir, pour ton bien, pour celui d'Omar, pour celui de Julien.

— Je suis perdante d'avance. Si je choisis Omar, tous les deux nous perdrons l'amitié de Julien. Si je continue avec Julien, je ne reverrai plus Omar. Et je ne supporte pas l'idée de perdre l'un ou l'autre, avoua Karine au bord des larmes.

— Tu dois prendre une décision, répéta Virginie froidement. C'est ça, la vraie vie.

11

Le premier semestre était déjà passablement
avancé et Karine, beaucoup trop occupée par ses
études, n'avait ni le temps de trop penser à Omar
ni le temps de se rendre régulièrement à ses leçons
de patinage artistique. Julien et elle faisaient leurs
devoirs ensemble — enfin, le plus souvent possible. Tout semblait se passer pour le mieux entre
eux, presque autant qu'à l'époque où Karine
n'avait pas encore découvert son amour pour
Omar. Mais, la pensée d'Omar s'imposait tout de
même à elle. Pourtant, Karine avait cru qu'en se
tenant loin de lui, elle finirait par l'oublier.

Partout où elle se rendait, un souvenir le con-
cernant remontait à son esprit : ou bien on faisait
jouer sa musique préférée au Café du Port, ou bien
sa soupe aux nouilles favorite était au menu au
restaurant japonais où elle mangeait parfois avec
ses amis.

Omar, qui travaillait toujours au Palladium,
regardait souvent Karine patiner avec Bruno, mais
jamais il ne s'approchait d'elle; c'était à peine s'il
la saluait lorsqu'ils se croisaient par hasard.
C'était comme si la seule présence de Karine

exacerbait ses sentiments envers elle.

Julien, quant à lui, réalisait bien que quelque chose troublait Karine, mais comme ses études prenaient de plus en plus de place dans sa vie, il avait rarement le temps d'aborder les problèmes de son amie. Il continuait à la traiter comme une princesse et s'il devait annuler un rendez-vous, il lui offrait encore de gros cadeaux pour s'excuser.

— Deux dollars pour savoir ce que tu penses ? interrogea Bruno en l'embrassant sur la joue.

— Rien de spécial, répondit Karine en regardant Lyne qui venait de réussir une figure spectaculaire.

Ce soir-là, Lyne portait un ample t-shirt sur un pantalon fuseau. Une tenue ordinaire en comparaison de ses éternelles combinaisons en Lycra qui moulaient ses formes de façon provocante. Bizarrement, son attitude s'était adoucie dernièrement; elle ne semblait plus poursuivre les garçons de ses assiduités, du moins ceux qu'elle côtoyait à la patinoire. Quoiqu'elle ne l'ait jamais vue avec un garçon, Karine pensait qu'elle avait peut-être un *chum* maintenant, mais le plus probable était qu'elle devait, elle aussi, être très absorbée par ses études en sciences. De toute façon, elle ne voyait presque plus la patineuse sur la glace — et c'était tant mieux.

— Qui crois-tu leurrer ? reprit Bruno. Tu as l'air misérable depuis que tu es arrivée.

— Je suppose que je dois m'inquiéter pour le gala.

— Mais tu es l'une des meilleures patineuses. Tu verras, tu feras fureur !

— Pas si sûr ! Je vais probablement m'étendre

de tout mon long sur la glace. En fait, je suis terrifiée parce que je n'ai jamais patiné devant un public.

— Crois en toi, lui rappela Bruno une fois de plus. Tu veux participer au gala, n'est-ce pas ?

— Évidemment. Tu sais, lorsque j'ai commencé mes leçons, je voulais prouver que je pouvais être aussi bonne que n'importe qui, comme Lyne par exemple et...

— ...et tu croyais me séduire, fit Bruno en riant.

— Peut-être. Mais maintenant, j'aime réellement ce sport, pour la liberté de mouvements, personne pour me contrôler, sauf moi-même !

— Écoute ton cœur et utilise tout ton pouvoir.

Karine leva les yeux vers le casse-croûte. Jamais elle n'était restée aussi tard à l'aréna, et elle savait qu'Omar se préparait à fermer pour la nuit.

— Je dois rencontrer Virginie au Café du Port, l'informa Bruno en jetant un coup d'œil à sa montre.

Karine sourit. Bruno voyait souvent Virginie ces derniers temps. Elle se demanda s'il n'y avait pas un petit quelque chose entre eux, puis, en pensée, elle vit son amie et son air radieux : Était-ce une preuve que... ?

— Accompagne-moi, lança Bruno. On pourra parler.

— Et de quoi ?

— Du Palladium qui doit fermer pendant une quinzaine de jours afin de refaire la surface glacée. Il ne rouvrira ses portes seulement qu'au début du mois de décembre. On va devoir trouver une autre patinoire pour s'entraîner.

— Et Omar, est-ce qu'il va garder son emploi ? fut sa première question.

Bruno la rassura à ce sujet, puis se dirigea vers le vestiaire. Au même moment, Lyne quittait la glace. Elle salua Karine et sourit à Bruno. Décidément, cette fille avait radicalement changé son comportement de chasseuse d'hommes pour adopter une attitude plus réservée. Bizarre !

La patinoire était vide à présent; un mystérieux silence planait. Les lumières s'éteignaient les unes après les autres. Seule une lueur diffuse venant du casse-croûte permettait de distinguer l'escalier lorsque Karine l'emprunta.

Omar était assis à une table, vérifiant les factures et calculant les recettes de la journée. En apercevant le tas de boules de papier chiffonné autour de lui, Karine se dit que le pro des mathématiques semblait avoir de sérieux problèmes. Décelant une présence derrière lui, Omar se retourna vivement.

— Omar, il faut se parler.

Il secoua la tête.

— On n'a rien à se dire, répliqua-t-il avec brusquerie.

— Au contraire !

— Pas maintenant, Karine, j'ai un travail à terminer, fit-il en retournant à ses calculs.

— C'est important, reprit-elle en tirant une chaise en face de lui.

Elle saisit le crayon qu'il tenait entre ses doigts, repoussa les factures et prit une profonde inspiration en lui prenant la main.

— Je t'aime, Omar. Je me moque de Julien, et le monde entier peut bien penser ce qui lui plaira !

Je t'aime Omar, de tout mon cœur !

— On en a déjà discuté, dit-il le visage crispé. Tu es la blonde de mon meilleur ami.

— De grâce, Omar : je t'aime !

— Je n'ai rien à t'offrir, de toute façon. Julien est riche, il paraît bien, tandis que moi...

— Ne dis pas ça, Omar. Tu es le plus beau, le plus prévenant des hommes !

— Une belle carrière s'annonce pour lui en médecine.

Karine s'approcha de lui. Il bougea nerveusement sur sa chaise lorsqu'elle posa ses mains sur ses larges épaules. Doucement, elle massa les muscles tendus pour chasser la tension et la douleur qu'il semblait ressentir au plus profond de lui-même. Omar, sentant son souffle dans son cou, ferma les yeux.

— Je souffre de décevoir Julien, de ne plus ressentir d'amour pour lui. Je l'aime bien et je ferais n'importe quoi pour lui éviter cette peine... mais, tout ce qui compte, c'est toi et moi, Omar.

Elle enfouit son visage dans son cou, respira la fraîche odeur de ses cheveux, et puis huma le parfum émanant de son corps, un parfum qui ressemblait aux embruns d'une cascade d'eau. L'odeur primitive, sauvage d'Omar lui fit tourner la tête. Étourdie, elle posa un baiser au creux de sa nuque.

Un long frisson le parcourut. Sans dire un mot, il se leva, se retourna, puis embrassa Karine avec passion. Elle ne lui offrit aucune résistance, s'abandonna dans ses bras, consciente qu'elle faisait désormais partie de lui, qu'elle lui appartenait entièrement.

— J'ai besoin de toi, murmura-t-il à son oreille.

Comme j'ai toujours eu besoin de toi... depuis notre enfance... depuis les orages. Les dernières semaines ont été une véritable agonie : je te voulais auprès de moi, alors que je te savais dans les bras d'un autre, dans ceux de mon meilleur copain.

— Mon seul désir, c'est d'être avec toi pour toujours... pour le restant de mes jours.

Il desserra légèrement son étreinte.

— En parleras-tu à Julien ?

Karine se tendit comme un arc.

— Pas maintenant. Je crois que le moment serait mal choisi, dit-elle, la voix brisée.

Pourquoi n'avait-elle pas le courage de tout avouer à Julien ? Elle savait pourtant qu'elle ne l'aimait plus. Alors, pourquoi ne pas se décider à le laisser tomber ?

— Ce n'est pas si simple, Omar.

— Je sais. On risque de perdre chacun de notre côté un de nos meilleurs amis, n'est-ce pas ?

— Il y a de ça, mais le pire, pour moi, c'est de lui briser le cœur.

— Et que fais-tu du mien ? Que fais-tu de mes sentiments ? Est-ce que ça compte pour toi ?

— Je t'en prie, Omar, l'implora-t-elle. Ne me demande pas d'en parler à Julien. Pas maintenant.

— Alors, quand le feras-tu ? demanda-t-il impatienté. Vas-tu jouer avec nous encore longtemps ? L'amour, c'est aussi faire des sacrifices. Il faut être assez courageux pour faire des choix, même difficiles. Écoute la voix de ton cœur, oublie ta raison.

— Omar, je...

Les larmes coulaient sur ses joues. Pourquoi

donc la tourmentait-il à ce point ? Pourquoi se faisait-il si mesquin envers elle ?

Parce qu'il m'aime, et que je lui déchire le cœur en deux ! réalisa-t-elle.

— Qu'est-ce qui t'arrive ? Tu es pire que Lyne. Elle, au moins, elle ne s'attache qu'à un gars à la fois !

— Tu es dégueulasse ! Je te dis que je t'aime et tu m'engueules !

Mais je vous aime tous les deux.... et je ne peux pas me résigner à vous faire souffrir, ni l'un ni l'autre.

— Et toi, ce que tu me fais subir, ce n'est rien, peut-être ? Il y a seulement quelques minutes, tu me disais que j'étais le seul à compter pour toi. Tu veux le meilleur des deux mondes, Karine Delorme !

— Omar, je suis confuse. Je ne suis pas une chipie. Julien me rend heureuse, c'est vrai, mais toi seul me donne le sentiment de vivre. Avec toi, j'ai l'impression que je pourrais tout réaliser. Tu ne m'écrases pas, Julien oui. Je suis ton égale, tu me respectes.

— Karine, en amour, tu dois faire des choix et des sacrifices. Si tu veux un avenir pour nous deux, tu dois laisser Julien.

— Bientôt, gémit-elle. Quand le bon moment se présentera.

Cette plainte fut suivie d'un long silence pendant lequel Omar la regarda avec des yeux accusateurs. Karine, à travers ses larmes, voyait les poings d'Omar qui se serraient dans un effort pour contrôler la passion qui l'envahissait.

— Merci, Karine, dit-il sur un ton étrange.

— Merci ?

— Tu m'as permis de clarifier mes idées. Ma décision est prise.

Et c'est le visage mouillé par les larmes qu'il courut vers la sortie, la laissant seule.

Un peu plus tard, Bruno et Virginie trouvèrent Karine, toujours debout, figée, les épaules affaissées par le désespoir. Inquiets, ils s'approchèrent.

— Qu'est-ce qui ne va pas ? demanda Bruno en la forçant à s'asseoir.

Il jeta un coup d'œil sur la table débordante de papiers.

— On vient de croiser Omar. Il courait comme s'il y avait le feu.

— Qu'est-il arrivé ? lui demanda Virginie à son tour.

Karine enfouit son visage dans le creux de ses mains.

— Je viens de briser le cœur du seul homme que j'aime vraiment, et, maintenant, je sais ce que je dois faire...

12

Karine et Omar ne se revirent pas pendant plusieurs jours. Elle s'était rendue chez lui, mais son père lui avait affirmé qu'Omar n'était pas à la maison. Il mentait, elle le savait, car la dernière fois, elle avait vu de la lumière à la fenêtre de sa chambre.

La patinoire étant fermée pour effectuer certains travaux annuels, Karine se dit qu'elle pourrait sans doute le rencontrer au Café du Port. Mais la serveuse l'informa qu'elle ne l'avait pas vu depuis belle lurette.

Julien n'était pas facile à dénicher, lui non plus. Si sa ligne téléphonique n'était pas occupée, elle tombait sur le répondeur. Elle avait laissé plusieurs messages, mais il n'avait pas encore retourné ses appels. Soucieuse, elle crut qu'Omar avait peut-être tout raconté. Mais à bien y penser, c'était une chose qu'Omar serait incapable de faire.

Étant donné la fermeture temporaire du Palladium, Karine prenait désormais ses leçons de patinage dans un aréna situé dans un autre quartier de Laval. Plusieurs élèves de Bruno s'y rendaient également — et Lyne aussi. Lorsque cette dernière l'avait vue, elle avait immédiatement quitté la glace : Bon, qu'est-ce qui lui prend encore à celle-là ! s'était demandé Karine.

Pour tenter d'oublier Omar (mais elle n'avait presque rien raconté à Virginie et à Bruno des événements de la fameuse soirée du casse-croûte), Bruno lui donnait des leçons gratuites lors de ses temps libres. Elle ne cessait de faire des progrès, et Bruno lui affirmait qu'elle serait l'étoile du gala.

— Je te rappelle que Juliette Côté invite toujours des « dépisteurs » à ses galas. Il se peut fort bien qu'il y en ait un qui remarque tes talents.

— Et puis ? Il me proposerait de m'entraîner pour les prochains jeux olympiques, peut-être ?

— On ne sait jamais. Mais je t'assure que tu as les aptitudes nécessaires pour participer au spectacle *Holiday on Ice*.

— Je sais que tu plaisantes ! Les seules patineuses qui auront cette chance, ce sont les petites filles. Moi, je suis trop vieille.

— Tu te trompes, Karine.

Malgré tout, elle fondait beaucoup d'espoirs dans ce gala. Elle devait continuer à s'entraîner le plus souvent possible. Et puis, ça l'empêchait de trop penser à Omar.

Elle quitta la patinoire et prit la direction du vestiaire en sifflant un air à la mode, ragaillardie par les compliments de Bruno. Mais, au détour d'un corridor, sa vie bascula.

Julien était là. À la vitesse de l'éclair, Karine se demanda ce qu'il pouvait bien faire à l'aréna, puisqu'il ne venait jamais patiner si elle-même ou

Virginie ne l'accompagnait pas. Avec toutes ses études, n'aurait-il pas dû être en train de travailler chez lui ?

Il avait revêtu l'ample t-shirt qu'elle lui avait offert à Noël. Le gris faisait ressortir le blond de ses cheveux... où courait une main aux ongles vernis d'un rouge écarlate ! Karine réalisa soudainement qu'une fille amoureusement pressée contre lui l'embrassait à pleine bouche. Elle embrassait ces lèvres qu'elle avait goûtées si souvent !

Les murs, le plancher, tout tourna autour d'elle lorsqu'elle prit conscience que son *chum* enlaçait une autre fille. En sueur, elle s'appuya contre le mur pour ne pas s'écrouler sur le sol en ciment. Ses lèvres tremblaient, mais les yeux grand ouverts et sans larmes, elle fixait le couple qui ignorait encore sa présence.

Stupide, elle avait été stupide ! Alors qu'elle agonisait à propos de son amour illicite pour Omar, alors qu'elle voulait protéger Julien de toute souffrance, voilà qu'elle le surprenait en flagrant délit avec cette fille !

Karine se souvint de ce que Virginie lui avait déjà dit à propos de Lyne : quand elle livrait une bataille, elle voulait gagner à tout prix. Et elle avait perdu en ce qui concernait Omar. Constatant que ce dernier semblait attiré par Karine, elle avait dû se jurer de se venger de cette fille qui lui mettait des bâtons dans les roues. Au début, elle avait jeté son dévolu sur Bruno, croyant sans doute que Karine et lui étaient amoureux (comme si tout le monde accordait ses faveurs aussi facilement qu'elle !). Pour l'impressionner, Lyne avait misé sur ses talents de patineuse artistique. Lorsqu'il fut évident que Bruno avait le béguin pour Virginie, probablement furieuse de cette deuxième défaite, elle s'était retournée vers Julien : le *chum* de Karine.

Les choses s'éclaircirent pour Karine. Ainsi, si Julien annulait autant de rendez-vous, c'était sûrement pour retrouver Lyne. À bien y penser, le coup de patin de Julien s'était énormément amélioré depuis quelque temps : des leçons privées, peut-être ?

Et tous ces cadeaux : une bonne façon de se déculpabiliser, d'éviter que Karine ne lui pose trop de questions. Et elle ne s'était doutée de rien !

Il n'y a pas si longtemps encore, si on avait demandé à Karine comment elle réagirait si elle apprenait que Julien la trompait, elle aurait répondu sans aucune hésitation : « Je fondrais en larmes, je ferais une colère terrible, enfin quelque chose du genre ». Aujourd'hui, un choc, bien sûr, mais pas de colère, pas d'envie, pas de tristesse, pas de douleur, seulement une grande libération, un immense soulagement.

Se sentant observés, Julien et Lyne se retournèrent d'un même mouvement. Le visage de Julien se décomposa en repoussant Lyne qui souriait, triomphante. Mais elle fronça les sourcils quand elle prit soudainement conscience que son petit plan diabolique ne semblait pas avoir les effets escomptés sur sa rivale. Les yeux de Karine étaient secs et un imperceptible sourire éclairait son visage.

— Salut, Julien ! Salut, Lyne ! dit Karine d'une voix qui ne laissait percer aucune émotion.

— Mon Dieu ! fit Julien. Je peux tout t'expliquer.

— Je n'en doute pas ! rétorqua Karine, provocante.

Mal à l'aise, Lyne toussota.

— Je vous laisse, vous avez sans doute beaucoup de choses à vous dire.

Puis elle s'éclipsa, laissant Karine et Julien en face à face.

— Karine, ce que tu viens de voir, eh bien...

— Je devine aisément, Julien, l'interrompit-elle sur un ton glacial.

— Chérie, je suis réellement désolé.

(C'était la première fois qu'il l'appelait «chérie» depuis des mois.)

— Depuis quand ?

— Quoi ?

— Depuis quand dure cette histoire entre Lyne et toi ? Depuis quand me trompes-tu avec cette fille ?

(Elle ne pouvait même plus prononcer son nom.)

— Quelques semaines, répondit-il en regardant le bout de ses pieds comme un petit garçon pris en faute.

— Je ne peux pas croire que tu l'embrassais, ici, presque sous mon nez. Tu savais pourtant que les chances étaient grandes pour que je m'y trouve, non ? lui lança-t-elle avec mépris.

Julien rapetissait, semblait misérable.

— J'ignorais que tu serais ici aujourd'hui, dit-il d'un air coupable. Lyne m'avait assuré que tu n'avais pas de leçon ce soir.

Lyne savait très bien que Karine s'entraînait presque tous les jours pour faire bonne figure au gala. Ce n'était pas assez de lui prendre son *chum*, elle voulait en plus qu'elle l'apprenne d'une manière cruelle. *Maudite fille !* pensa Karine.

Julien leva finalement la tête.

— Écoute, chérie, je vais tout faire pour que tu me pardonnes, promis !

Avec un rire dédaigneux, elle répliqua :

— Comme tu l'as toujours fait : avec des cadeaux pour m'amadouer ! Combien de filles as-tu eues derrière mon dos ?

— Seulement Lyne, fit-il. Elle a été la première.

— Et dire que je croyais que tu m'aimais, ajouta-t-elle, la voix teintée par l'émotion. Et dire que je me rendais malade en pensant que je pouvais te faire souffrir.

Il avança de quelques pas pour la prendre dans ses bras. Elle le repoussa avec lassitude et un certain dégoût.

— Rien à voir avec Lyne, tout cela !

— Ah non ! pourtant, j'ai vu une scène qui prouve plutôt le contraire.

— Ça remonte à beaucoup plus loin, Karine. On le sait tous les deux : il y avait quelque chose qu'on avait peur d'admettre.

— Que veux-tu dire ? questionna-t-elle en devinant cependant la réponse de Julien.

Mais elle avait besoin qu'il lui confirme de vive voix.

— Depuis des mois, maintenant, notre relation n'est plus ce qu'elle était. La magie des premiers temps n'existe plus. Au début, nous étions jeunes, et tu étais ma première blonde et·moi, ton premier *chum*. On a vieilli, on a changé.

— Comme Omar...

Julien ignora l'interruption de Karine.

— Je me souviens du temps où je n'avais d'yeux que pour toi, poursuivit-il.

Et moi pour toi, pensa Karine. Et une petite larme apparut au bord de ses paupières.

— Puis j'ai commencé à flirter un peu les autres filles. Mais je me sentais toujours coupable; je ne voulais pas te faire souffrir parce que tu me paraissais fidèle. Et avec le temps, je me suis dit qu'on était de très bons amis, pas des amoureux. Mais j'étais incapable de t'avouer mes sentiments parce que je ne voulais pas te briser le cœur ni perdre ton amitié.

— Est-ce que tu te souviens de mon invitation à souper de l'été dernier ? Je t'avais dit alors qu'au cours de la soirée, j'aimerais te parler de choses importantes. Eh bien, c'est ta façon d'agir avec moi qui déjà me tracassait, lui dit-elle en fondant en larmes.

S'il s'en souvenait, mais bien sûr ! Il avait passé la soirée chez lui, préférant la solitude à la compagnie de Karine. Si seulement ils avaient eu le courage de s'expliquer, d'exprimer les émotions qu'ils vivaient. S'ils avaient pu se dire la vérité. Mais non, depuis tout ce temps, ils se mentaient pour s'éviter des souffrances. Il se sentait tellement coupable de son silence, il regrettait d'avoir annulé tant de rendez-vous pour rencontrer Lyne.

— Nous sommes idiots, tu ne trouves pas ?

— Ce qui me console, c'est qu'il y en a des pires que nous.

— Je t'ai vraiment aimée, Karine, reprit-il. Et j'aime encore chez toi ta douceur et ta prévenance. Je n'oublierai jamais ma première blonde. Mais, c'est triste, je ne suis plus amoureux de toi. Peux-tu me comprendre ?

— Bien sûr, je te comprends.

Julien fut surpris par la rapidité de sa réponse; il s'était attendu à une longue hésitation. Karine, de son côté, se souvenait des paroles de Bruno : *Tu aimes Julien, d'accord. Mais es-tu amoureuse de lui ?*

— Je suis vraiment désolé que tu aies découvert mes sentiments pour toi de cette façon. J'espère que tu n'en voudras pas trop à Lyne. Je sais que vous ne vous aimez pas beaucoup toutes les deux.

Karine sourit.

— Je lui dois des remerciements.

— Des remerciements ? Pourquoi ?

— Elle m'a permis de voir clair dans mes sentiments, de trouver le chemin de mon cœur.

Karine se jeta dans les bras de Julien et l'embrassa sur les deux joues. Ce n'était pas des baisers amoureux, mais ceux d'une grande amie. Elle était rassurée : Julien et elle resteraient amis pour la vie.

— Je te souhaite beaucoup de bonheur avec Lyne, Julien. Maintenant, je dois retrouver Omar.

— Omar ? questionna-t-il en fronçant les sourcils, soudain soupçonneux. Veux-tu dire que lui et toi...

Il ne savait plus que penser exactement. Karine et Omar ensemble ? D'un côté, il se sentait trahi, de l'autre, soulagé, presque heureux de découvrir que ses deux meilleurs amis s'aimaient.

— As-tu une idée de l'endroit où je pourrais le dénicher ? Je ne l'ai pas vu depuis des jours.

— Je lui ai parlé au téléphone avant-hier. Il a été absent... un voyage d'affaires, m'a-t-il dit.

— Il est chez lui, tu crois ?

Julien secoua la tête.

— Non, mais on s'est donné rendez-vous au Café du Port, ce soir.

— J'y vais.

Karine fit quelques pas en direction du vestiaire.

— Karine, tu ne devrais pas.

Elle continua son chemin. Julien, lui, resta dans le corridor, secoué par la scène qui venait de se produire. Soudain, il vit Karine sortir du vestiaire en courant, son sac de sport à la main. Il tenta de la rattraper pour l'empêcher de se rendre au Café du Port, mais sans succès. Elle venait de s'engouffrer dans l'autobus, au coin de la rue. Triste, il pria pour qu'elle n'ait pas le cœur brisé encore une fois.

* * *

À vingt et une heures, le café, comme d'habitude, était bondé de monde. L'ambiance chaleureuse et amicale du Café du Port rassemblait beaucoup d'étudiants qui venaient se détendre pendant quelques heures. Lorsqu'elle franchit la porte, Karine était tellement heureuse, qu'elle avait l'impression de flotter dans les airs. Ses yeux firent lentement le tour de l'endroit sans toutefois découvrir Omar. Paniquée, elle demanda à une fille qu'elle connaissait si elle l'avait vu. Celle-ci lui dit qu'Omar était dans la petite salle à l'arrière du café.

Karine se fraya un chemin, joua des coudes à travers la foule grouillante, et arriva dans une pièce où quelques couples conversaient à la lueur des chandelles. Dans un coin sombre, Omar était assis devant un verre de jus d'orange. Ses cheveux, habituellement décoiffés, étaient tirés vers l'arrière. Il portait un veston noir de bonne coupe, un t-shirt blanc et un pantalon gris. Elle ne l'avait pas vu si bien habillé depuis des années.

Omar n'était pas seul : en face de lui, son père, silencieux; à sa droite, un homme — probablement d'origine marocaine, lui aussi — au crâne quelque peu dégarni et vêtu d'un complet-veston classique, qui discutait ferme.

Lorsqu'Omar posa les yeux sur elle, Karine lui fit un signe de la main et s'avança vers lui, pas du tout troublée par la présence des deux hommes attablés en compagnie de son ami.

— Salut, Omar, dit-elle, toute joyeuse en se penchant pour l'embrasser la bouche. J'ai une super nouvelle à t'annoncer !

Omar se raidit sur sa chaise, toussota en faisant un signe de tête à son voisin.

— Euh... Karine, je te présente monsieur Cherkaoui, dit-il poliment en se demandant ce qu'elle faisait là et ce qui la rendait si heureuse.

Julien avait-il parlé ? Est-ce qu'elle savait ?

— Bonjour, fit-elle en cherchant dans ses souvenirs où elle avait déjà pu entendre ce nom.

Rejetant d'un petit geste de la main le nuage qui risquait d'assombrir son bonheur, Karine regarda amoureusement Omar. Elle désirait le serrer dans ses bras, lui dire combien elle l'aimait et combien elle avait besoin de lui. Elle voulait lui demander pardon pour tous les problèmes qu'elle avait pu lui causer. Finalement libérée de Julien, elle ne sentait plus le poids de la culpabilité peser sur son amour pour Omar. Au contraire, elle se sentait légère, libérée, persuadée qu'une vie nouvelle commençait, une vie cent fois plus belle qu'avant.

— Julien et moi, on s'est laissé ! annonça-t-elle d'une voix puissante, comme un messager livrant la plus importante nouvelle au monde.

— Je ne pense pas que l'on doive s'en réjouir, mademoiselle, grommela monsieur Cherkaoui.

Karine ne prêta pas attention à ses propos. Pour elle, seul Omar comptait, en dehors de lui, plus rien ne comptait. Mais Karine décela une certaine in-quiétude dans les yeux d'Omar.

— Tu lui as dit ? demanda Omar à Karine.

— Non, mais je l'ai surpris dans les bras de Lyne, lui déclara-t-elle, heureuse. Voilà une bonne nouvelle, non ? Cela signifie que plus rien ne peut s'opposer à notre amour.

— Omar, qui est-ce ?

Karine se retourna et vit une jeune femme, une gracieuse Marocaine s'approcher de la table. Son pantalon de soie et sa blouse piquée de fils dorés lui allaient à ravir. Avec son profil noble, ses yeux ronds et sa bouche gourmande, elle était d'une beauté à couper le souffle.

Pour échapper aux regards posés sur elle, Karine fixa la table. Elle remarqua un quatrième verre de jus, que la jeune femme saisit en s'asseyant à la gauche d'Omar.

Omar regarda tristement Karine, puis ses yeux se posèrent, tour à tour, sur monsieur Cherkaoui et sur son père qui semblait mal à l'aise. Finalement, Omar se tourna vers la belle Marocaine assise à ses côtés.

— Karine, voici Atika Cherkaoui.

Ce nom réveilla soudainement les souvenirs de Karine : Atika, la future épouse d'Omar ! Elle aurait voulu effacer cet instant de sa vie. C'était un cauchemar. On lui faisait une plaisanterie. Son rêve prenait brutalement fin.

Tout ça, c'est ma faute. Si seulement j'avais été un peu plus courageuse, si j'avais fait part de mes sentiments à Julien plus tôt, si j'avais écouté mon cœur, j'aurais su que la seule personne que j'aimais était Omar. Si seulement j'avais agi selon mes émotions et non pas comment je pensais que ça devait être... si seulement... si seulement...

— Ta future épouse ? interrogea Karine en dévisageant Omar.

Incapable de prononcer une seule parole tant sa gorge était nouée par l'émotion, Omar secoua affirmativement la tête, les yeux débordants de tristesse. Cependant, il se reprit rapidement :

— Oui, on doit se marier au début de la prochaine année. Tous les arrangements sont faits.

Karine ne trouva plus rien à dire. En quelques minutes, elle était passée du plus grand des bonheurs au plus profond des désespoirs. Son univers s'écroulait encore une fois. Elle ne distinguait plus que des silhouettes à travers ses yeux mouillés par les larmes. Elle ne vit pas que quelqu'un s'approchait, elle sentit seulement qu'une poigne ferme lui saisissait le bras.

— Viens, Karine, je vais te reconduire chez toi, dit Julien qui venait d'arriver au café.

Comme une somnambule, elle se laissa guider par Julien à travers le chahut d'une foule heureuse de vivre.

— Tu étais au courant, n'est-ce pas ?

— J'ai tenté de te rattraper à la patinoire, mais tu as été plus rapide que moi. Je voulais te prévenir.

— Je l'aurais appris un jour ou l'autre de toute façon. Maintenant, plus rien n'a d'importance.

Dans sa chambre, elle se jeta sur son lit et pleura longtemps, jusqu'à ce que l'épuisement ait enfin raison de sa peine.

13.

J'aime un homme depuis toujours et je sais que cet amour ne pourra jamais se vivre, c'est une chose terrible à accepter. J'aime un homme, je suis convaincue qu'il m'aime en retour, mais je sais que je l'ai perdu par ma propre faute. C'est une situation qu'il m'est impossible de supporter.

Envahie par son immense malheur, Karine se recroquevilla sur sa douleur avec des pensées qui lui martelaient sans cesse la raison. Pourquoi n'avait-elle pas réalisé plus tôt à quel point elle aimait Omar ? Pourquoi avait-elle cru être amoureuse de Julien ? Comment ne s'était-elle pas rendue compte que l'homme de sa vie vivait à ses côtés depuis presque quinze ans ? Pourquoi avait-elle tant tardé à briser sa relation avec Julien ? Pourquoi attendre au lieu de laisser le temps ruiner sa vie ? Si seulement elle avait agi, elle et Omar seraient ensemble maintenant : sans culpabilité, sans honte, sans Atika et sans mariage prévu pour le début du mois de janvier.

Pourquoi ? Parce qu'elle avait eu peur, parce qu'elle avait craint d'écouter les élans de son cœur. Elle avait été sensible, s'était montrée responsable. Et maintenant seulement, elle réalisait qu'un véritable amour ne se vit pas avec la raison. Le véritable amour, c'est une force inexorable, semblable à une marée à laquelle on ne peut se soustraire; par laquelle on doit se laisser emporter, car elle conduit à la rive d'un paradis; à laquelle on ne doit pas résister afin d'éviter la noyade. Suivre l'élan de son cœur, ne pas écouter la raison.

Karine se noyait maintenant dans une mer de regrets et d'amertume. Même les paroles réconfortantes de Virginie, de Bruno et de Julien ne parvenaient pas à la tirer de sa profonde tristesse. La seule chose qui l'intéressait encore était le patinage artistique. Elle s'y jeta à corps perdu pour oublier tous les « si j'avais su » et les « j'aurais dû » qui lui trottaient inlassablement dans la tête.

Mais Karine n'était pas au bout de ses malheurs. Par une ironie du sort, une semaine avant le gala, elle reçut une autre mauvaise nouvelle.

Un soir, contrairement à son habitude, Bruno arriva en colère à la patinoire où ses élèves s'entraînaient en attendant la réouverture du Palladium.

— On vient de se faire avoir ! dit-il à Karine en grinçant des dents pour contenir sa rage.

— Je ne comprends pas. Que veux-tu dire ?

— Juliette... mademoiselle Côté m'a convoqué dans son bureau ce matin pour m'annoncer qu'un quelconque organisme de charité avait organisé un match de soccer dans le but d'amasser des fonds. Et devine quoi ?

— Quoi ?

— Eh bien, les organisateurs ont réservé le Palladium le même soir que celui du gala.

— Ne sois pas stupide, dit Karine en patinant en direction de la bande. J'ai toujours entendu parler de hockey sur glace, mais jamais de soccer sur glace !

— Tu oublies les travaux à l'aréna. La glace n'a pas été refaite encore. Le Palladium est le plus grand centre sportif intérieur de la ville, donc un endroit idéal pour un match de soccer.

— Eh bien, ils n'ont qu'à l'annuler. Le gala est à l'horaire depuis longtemps. Il passe avant tout le reste, non ?

— Le match de soccer est organisé et parrainé par un groupe d'hommes d'affaires qui a offert une grosse somme d'argent en dédommagement.

— Pourtant les billets sont déjà en vente, protesta Karine. Et les « dépisteurs » qui sont censés venir !

Elle rappela à Bruno les immenses progrès qu'elle avait faits depuis quelque temps. Ces dernières semaines, elle s'était répétée sans cesse qu'elle était suffisamment douée — même à dix-sept ans — pour avoir une chance de se qualifier pour des épreuves de patinage artistique.

— Ce que l'argent peut faire, dit Bruno en frottant son pouce de l'index, un geste qui en disait long.

— Il y a sûrement une façon de régler le problème. Le gala ne peut pas être annulé, pas après les efforts que j'ai consacrés à mon entraînement. Nous avons travaillé tellement fort, toi et moi, pour me préparer à cet événement ! Est-ce que l'on ne pourrait pas trouver une autre patinoire pour le gala ? Ici, par exemple ?

— Impossible.

— Il faut trouver un moyen ! As-tu le nom de l'homme d'affaires qui a contacté mademoiselle Côté ?

— Un certain Cherkaoui, je crois. Il est propriétaire d'une chaîne d'épiceries ou quelque chose de semblable.

Le futur beau-père d'Omar ! réalisa-t-elle. Pendant un court moment, Karine se demanda si Omar s'était mêlé de cette histoire, pour l'embarrasser peut-être ? Puis, elle songea qu'Omar l'aimait, qu'il ne s'abaisserait jamais à lui mettre des bâtons dans les roues. En fait, en y réfléchissant bien, elle connaissait bien une personne assez déloyale pour s'amuser à une astuce aussi pernicieuse.

— Qu'une erreur pareille se soit produite me surprend beaucoup, car mademoiselle Côté est une femme très bien organisée. Sais-tu à quelle moment la réservation a été faite ?

— Je ne sais pas exactement, mais...

Bruno hésitait, comme s'il voulait lui éviter un autre choc.

— ... il semble, se décida-t-il à poursuivre, que Lyne lui donnait un coup de main, le soir. C'est elle qui a fait la réservation. Une erreur informatique, à ce qu'elle a dit.

Cette maudite fille, ce n'est pas assez pour elle de bousiller ma vie amoureuse, elle tente maintenant de démolir ma future carrière de patineuse. Je la hais !

— Eh bien, demandons à mademoiselle Côté de s'excuser auprès de ce Cherkaoui. Il comprendra, enfin je l'espère !

— Mais il y a encore un hic : l'un des joueurs

de soccer préféré de Juliette participera au match. Elle ne voudra pas le laisser tomber.

— Omar ?

Elle se souvint de ce que Virginie avait dit un jour à propos de cette « vieille sorcière » : « Je la soupçonne d'avoir un penchant pour les beaux garçons aux yeux noirs ». Il semble bien qu'elle avait raison.

* * *

Le lendemain, Karine manqua volontairement l'école. C'était la fin du semestre et elle était persuadée qu'elle pourrait rattraper facilement le retard pendant les vacances des Fêtes. Durant la matinée, elle resta dans sa chambre à regarder la neige tomber à travers la fenêtre de sa chambre — et à surveiller les parents d'Omar. Dès qu'ils quitteraient leur maison, elle irait frapper à leur porte pour parler à Omar.

Prenant son courage à deux mains lorsqu'elle les vit disparaître en auto au coin de la rue, Karine mit son manteau et marcha d'un pas assuré. Elle frappa plusieurs fois, mais sans succès. Elle allait repartir, lorsque la porte s'ouvrit toute grande.

Omar, dans sa robe de chambre ouverte jusqu'à la ceinture, avait croisé les bras sur sa poitrine. Ses cheveux étaient trempés et une légère coupure apparaissait sur sa joue droite. Ainsi, il semblait tellement vulnérable.

L'homme de sa vie était là, debout devant elle. L'homme qu'elle n'avait pas revu depuis des semaines. Celui à qui elle rêvait jour et nuit; celui sans qui sa vie ne serait jamais complète... celui qui allait épouser une autre femme.

Revenant de sa surprise, Omar l'invita à entrer.

— Omar, tu dois te désister du match de soccer.

— Pourquoi ? demanda-t-il d'une voix monocorde.

Le regard d'Omar semblait scruter le fond de son âme. Mais, malgré tout, il restait distant, comme pour se protéger de la passion qu'il portait en lui. S'il s'était approché d'elle, il n'aurait pu se contenir.

— Le match de soccer et le gala de patinage artistique sont en concurrence.

— Et puis ?

— C'est la chance de ma vie, Omar. Bruno prétend que je suis excellente. Et puis des « dépisteurs » viendront... peut-être vont-ils me remarquer ? J'ai enfin la chance de faire quelque chose que j'aime.

— Tu participes au gala ?

— Naturellement, fit-elle, irritée. Pourquoi crois-tu que j'aie pris toutes ces leçons avec Bruno ? Mais j'ai voulu garder le secret jusqu'au gala.

— Pourquoi ?

— Pour t'impressionner, répondit-elle honnêtement.

Il répéta sa question.

— Pourquoi me désister du match ?

Découragée, elle leva les bras.

— En fait, Omar, toute cette histoire n'est qu'un prétexte. J'avais besoin de te voir. Il n'est pas trop tard, tu peux encore refuser de te marier !

Omar serra les mâchoires.

— Je ne peux pas faire ça !

— Pour l'amour du ciel, Omar, ce mariage a été

arrangé par vos pères ! Tu ne peux pas l'aimer !

— Qu'est-ce que tu connais à l'amour ! cria-t-il. C'est ta faute si on en est là !

— Que veux-tu dire ?

— Si tu avais écouté ton cœur, si tu avais fait ce que tu désirais, si tu avais eu le courage de tout avouer à Julien, eh bien, on serait ensemble maintenant !

— Tu es mal placé pour donner des conseils. Et toi, ton cœur, tu l'as écouté peut-être ? Reconnais-le, c'est toi qui n'a pas voulu t'engager !

— Tu étais la blonde de mon meilleur ami.

— Oublie ton orgueil de gars et ta supposée loyauté pendant un moment ! cria-t-elle à son tour. Tu sais, peu importe les raisons, nous avons tous les deux eu peur de vivre nos émotions... et tu agis encore de la même façon en voulant épouser Atika.

Omar la dévisagea longuement.

— Laisse Atika en dehors de ça, d'accord ?

— Elle est la seule raison de ma présence ici, idiot !

— Si j'épouse Atika, l'entente d'affaires entre mon père et monsieur Cherkaoui sera conclue. Il a promis d'investir des centaines de milliers de dollars dans l'entreprise de mon père. Ça signifie qu'il pourra développer sa propre chaîne de magasins. Il pourrait devenir très riche...

— Je t'aime, Omar.

— Et qu'est-ce que ça m'apporte si j'écoute mon cœur ?

— Tu m'as déjà dit que l'amour était fait de sacrifices, non ?

— Si j'obéis à mon cœur, mon père risque de

perdre son entreprise. Dois-je sacrifier ma famille pour toi ? Es-tu égoïste à ce point ?

Elle ne sut que répondre; il avait raison. Pourquoi devrait-il tout laisser tomber pour elle ?

— Omar, je suis désolée.

— Je t'aime, Karine. Je t'aimerai jusqu'à ma mort. Mais, j'aime aussi mes parents. Peut-être qu'un jour, je pourrai chérir Atika aussi bien...

Elle s'avança vers lui, mais il tenta de la fuir. Elle le saisit par la manche et l'attira pour le serrer contre elle. Leurs lèvres se rencontrèrent. Ils s'embrassèrent longtemps avec toute la fougue du désespoir. Un élan passionné auquel ils mirent fin dans les larmes.

— Si seulement, Karine... si seulement, dit-il en caressant ses longs cheveux blonds. Mais je dois épouser Atika.

Ils se séparèrent rapidement lorsqu'ils entendirent un bruit. Atika et son père se tenaient devant eux. Monsieur Cherkaoui resta bouche bée, mais Atika garda son sang-froid et prit la situation en mains.

— Je pense que vous devriez partir, dit-elle en dévisageant froidement Karine.

Accompagnée de son père, elle escorta Karine à la porte. Omar se retrouva seul à affronter la situation.

14

— Eh bien, Karine, je ne sais pas comment tu t'y es prise, mais je te fais toutes mes félicitations! dit Bruno, le lendemain, en l'embrassant sur les deux joues.

Alors qu'une tempête de neige faisait rage à l'extérieur, Virginie, Bruno et Karine sirotaient un café au Café du Port.

— Qu'est-ce que j'ai fait ? questionna-t-elle, interloquée.

— Devine ! Tu as réussi à faire annuler le match de soccer ! Juliette vient de me l'apprendre. Il a été reporté de deux semaines, et dans une autre patinoire. On l'aura, notre gala !

— Omar !

Karine se leva en s'excusant. Elle se rendit au téléphone public à l'arrière du café et fit un numéro qu'elle connaissait bien. En attendant que l'on réponde à l'autre bout du fil, elle pianota impatiemment sur la tablette posée sous l'appareil. Omar avait pensé à elle, il lui avait donné sa chance. Pour elle, il avait risqué la colère de son père et de monsieur Cherkaoui. Elle devait au moins le remercier. Quand enfin on décrocha, la voix qu'elle reconnut à l'autre bout faillit lui faire perdre connaissance.

Le père d'Omar, qui avait toujours été très gentil avec elle, lui répondit sèchement qu'Omar était sorti. Non, il ne savait pas où Omar se trouvait; il était parti hier en claquant la porte après une discussion orageuse. Il était évident au ton de monsieur Boukhira qu'ils avaient parlé d'elle. Puis il lui raccrocha au nez, lui signifiant ainsi qu'elle ne devait plus les importuner.

Le visage gris, elle retourna rejoindre ses amis.

— Omar est disparu !

Ses jambes tremblaient, elle se sentait très faible. Prenant une gorgée de café, elle ajouta :

— Omar s'est engueulé avec son père.

— À quel propos ?

Et elle raconta à Virginie et à Bruno les événements qui s'étaient produits le matin précédent.

— Il fuit son mariage.

— Mais c'est formidable ! clama Virginie qui ne pensait pas aux conséquences du geste d'Omar. Il a annulé le match pour toi malgré la colère de son père et de monsieur Cherkàoui. Il a fait ça pour toi, Karine ! C'est une belle preuve d'amour, non ?

— Oui, mais en agissant de la sorte, il risque de perdre l'affection de sa famille, ajouta Karine en pleurnichant. Je ne peux pas accepter tant de sacrifices de sa part !

Virginie prit entre les siennes les mains de son amie.

— Karine, toi et Omar, vous êtes inséparables. Enfants, vous étiez déjà amis; maintenant, votre amitié s'est transformée en amour. Tu n'as pas le droit de baisser les bras, parce que l'amour est ce qu'il y a de plus important. Attends, et tu verras, les choses vont rentrer dans l'ordre. C'est toujours ce qui se produit.

— Mais où peut-il bien se cacher ? demanda Karine. S'il a fait ça pour moi, alors pourquoi n'est-il pas venu me retrouver ?

— Où crois-tu qu'il puisse se réfugier ? questionna Bruno, plus pragmatique.

Karine réfléchit un moment, pensa à Julien, puis à quelques autres copains.

— Eh bien, commence tes recherches chez ses amis; ensuite on visitera les endroits où il a l'habitude de se rendre : le gymnase, le centre des loisirs. Entre-temps, tu dois continuer à t'entraîner pour le gala.

— Je dois bien ça à Omar, n'est-ce pas ? Après tout, il a voulu que j'aie ma chance, moi aussi.

Bruno rougit d'embarras.

— Que se passe-t-il, Bruno ?

— Je dois être honnête avec toi, Karine. Tu es une excellente patineuse, tu es l'une de mes meilleures élèves depuis longtemps. Mais tu as raison en ce qui concerne ton âge : dix-sept ans, c'est trop vieux pour espérer participer à des compétitions de haut calibre.

— Mais tu m'avais pourtant dit...

— Je ne voulais pas te décevoir. Et je voyais combien ta confiance en toi grandissait de jour en jour, alors j'ai continué à t'encourager dans cette voie. Je croyais vraiment te rendre service. Je pense bien avoir manqué de courage vis-à-vis toi. Je suis désolé.

— Alors, Omar a fait toutes ces démarches

pour rien !

Karine aurait eu toutes les raisons du monde pour se mettre en colère contre Bruno, mais elle acceptait comme une fatalité la suite des événements décevants qui lui arrivaient depuis quelque temps. Serait-elle allée voir Omar si elle n'avait pas cru se faire remarquer au gala ? Si elle n'avait pas rencontré Omar, hier matin, est-ce qu'il aurait poursuivi son projet de mariage avec Atika ?

Toute sa vie était maintenant prise dans un engrenage de déceptions et de mésententes : l'amour qu'elle pensait ressentir pour Julien, sa peur de ne pas s'avouer ses véritables sentiments, les tricheries de Julien, le mensonge de Bruno sur ses talents de patineuse, son histoire avec Omar. S'ils avaient été honnêtes les uns envers les autres, aucun de ces événements ne se serait produit. Mais, Karine avait appris quelque chose de très important à travers tous ses malheurs : comme l'étoile qu'aperçoit le marin ou le rayon lumineux du phare qui le guide, elle avait découvert son amour pour Omar, cet homme qu'elle ne pourrait jamais posséder.

* * *

Puis arriva la soirée du gala de Noël. Juliette Côté, dans tous ses états, courait de gauche à droite, passait des coups de téléphone, discutait avec les entraîneurs pour les préparatifs de dernière minute.

Alors que les spectateurs couverts de neige commençaient à envahir le hall d'entrée dans un brouhaha joyeux, tout semblait en place pour faire de ce spectacle une réussite : l'arbre de Noël imposant brillait de toutes ses lumières, les bannières, les décorations et un fond de musique diffusée par une nouvelle chaîne stéréo créaient une atmosphère de fête. Mais un nuage gris assombrissait la joie fébrile de la patronne de l'aréna : l'absence d'Omar.

N'ayant aucune nouvelle de lui depuis plusieurs jours, Juliette Côté avait dû nommer un de ses assistants pour le remplacer au casse-croûte. Alors qu'elle s'était informée auprès de Karine pour savoir si elle n'avait pas une petite idée de ce qui se passait avec Omar, celle-ci avait éclaté en sanglots. Juliette Côté, surprise par cette réaction, l'avait vue partir en courant en direction du vestiaire.

Les recherches de Karine pour retrouver Omar étaient restées vaines. Pourtant, elle avait contacté tous ses copains. Même Julien, son meilleur ami, avouait ne pas savoir où il pouvait se cacher. Mais son air coupable fit douter Karine de sa bonne foi: il semblait lui cacher quelque chose.

En effet, Julien gardait pour lui un secret; il ne voulait pas donner de faux espoirs à Karine. Lorsqu'elle le quitta, Julien prit le téléphone et composa un numéro. La conversation qui suivit fut plutôt orageuse.

Ce soir-là, assise dans le vestiaire des dames, les patins aux pieds et revêtue d'un costume de patineuse, Virginie attendait avec nervosité le moment où elle sauterait sur la glace pour présenter le numéro qu'elle avait préparé depuis des mois avec Bruno.

Autour d'elle, des élèves surexcitées parlaient

des « dépisteurs » qui se trouvaient parmi les spectateurs. Après la première partie du gala, disaient-elles, une ou deux élèves avaient été sélectionnées pour une séance d'évaluation. Sachant qu'elle n'avait probablement aucune chance de faire partie de ce groupe de patineuses, Karine souhaitait simplement faire bonne figure et, surtout, ne pas chuter lors de sa prestation. Le bruit de leurs conversations bourdonnait aux oreilles de Karine qui, toute à ses pensées, ne participait pas à leur excitation. Puis elle se leva, car son tour viendrait bientôt. Les muscles ankylosés par la tension, elle s'étira et fit quelques exercices d'échauffement avant de quitter le vestiaire.

Une pensée obsédante lui torturait l'esprit : Omar. Omar, qui avait défié son père, qui avait tout sacrifié pour lui donner sa chance sur la patinoire. Omar, qui jamais ne lui avait offert de vêtements, de bijoux, de disques, de billets de spectacles... Omar, qui avait cependant fait passer son bonheur à elle avant le sien, son succès et ses besoins avant les siens. Depuis leur enfance, il avait toujours été présent pour la supporter et, ce soir, il était toujours là dans son cœur. Comment réussirait-elle à réaliser une belle performance sur la glace ?

Sur la patinoire, Karine regarda un jeune garçon et une fillette couverts de paillettes d'or et de volants saluer la foule; dans une ou deux minutes elle apparaîtrait à son tour sous les projecteurs.

Elle jeta un coup d'œil sur l'assistance, aperçut Virginie, Julien et Lyne. Karine fut surprise de la présence de cette dernière aux côtés de son ancien *chum* : elle n'aurait pas cru que leur aventure durerait aussi longtemps. De plus, elle était persuadée que Lyne n'était pas le genre de fille à assister à un gala auquel elle ne participait pas. Karine ferma les yeux, au moment même où une quatrième personne venait se joindre au groupe de ses trois amis.

Virginie se pencha vers Julien et lui murmura quelque chose à l'oreille. Il fit un léger signe de la tête, et sourit à Omar.

Les deux jeunes patineurs quittèrent la glace sous les applaudissements chaleureux des spectateurs. Au centre de la patinoire, Bruno annonça le prochain numéro. Il fit un geste à l'organiste pour qu'il entame un air de fanfare, le signe qu'attendait Karine pour paraître sous les projecteurs. Mais Karine n'apparut pas. Embarrassé, Bruno fit un nouveau signe à l'organiste afin qu'il reprenne l'introduction. Toujours pas de Karine. Un murmure désapprobateur s'éleva de la foule. Bruno, en bon maître de cérémonie, jeta un rapide coup d'œil à ses feuilles pour vérifier le nom du prochain participant : la jolie fillette de neuf ans sur qui il fondait de grands espoirs. Il patina vers le musicien et tint un court conciliabule avec lui. Puis, au micro, il annonça que mademoiselle Karine Delorme étant malheureusement indisposée, on passerait au numéro suivant. Des yeux, il chercha le siège de Virginie. Il l'a vit qui quittait déjà sa place pour aller à la recherche de Karine.

— Karine, à quoi joues-tu ? demanda Virginie qui venait de trouver son amie assise sur un banc, le visage décomposé.

Les patins délassés, le visage pâle et les yeux

rouges, Karine répondit :

— Je n'y vais pas.

— Pourquoi ? Souviens-toi de ce que Bruno a dit : « Tu vas les épater ! »

— J'en suis incapable après ce qu'Omar a fait pour moi.

— Que veux-tu dire ?

— Il n'y aurait pas de gala ce soir si Omar ne s'en était pas mêlé. J'imagine la conversation qu'il a dû avoir avec monsieur Cherkaoui, son futur beau-père : « Je suis désolé, monsieur, mais il faut reporter le match de soccer parce que la femme que j'aime — pas votre fille évidemment, mais la jolie blonde, ma voisine — désire faire du patinage artistique.

— Mais, Karine...

— Je le sais maintenant, la seule raison qui me poussait à participer à ce gala était que je voulais impressionner Omar lors de ma prestation. Ce soir, cela n'a plus aucune importance. Omar n'est pas là.

Virginie serra sa copine dans ses bras.

— Karine, écoute-moi : Omar est de retour ! Julien lui a parlé. Omar est ici pour assister à ton numéro.

— Omar ? Omar est ici !

— Depuis quelques minutes déjà.

Karine se rua vers l'estrade pour se jeter dans les bras de l'homme qu'elle aimait de toutes ses forces. Elle scruta l'assistance, vit les visages heureux et souriants des spectateurs, mais nulle part elle ne voyait Omar. Trop tard. Une fois encore ses espoirs étaient déçus. Ce soir, elle aurait pu être finalement heureuse, mais, par sa faute, la chance venait de lui glisser d'entre les doigts.

Karine tomba dans les bras de Virginie, et pleura, pleura, pleura...

15

Karine quitta seule le Palladium, les patins à l'épaule. Elle avait refusé l'offre de Julien de la reconduire à la maison. Elle voulait être seule avec sa peine. Avoir été si proche de regagner Omar, et l'avoir perdu une fois de plus, c'était beaucoup trop. Et, au gala, les visages de tous ces gens heureux, inconscients du drame qu'elle vivait, lui avaient donné un sentiment de solitude dans lequel sa tristesse sembla plus aiguë. Elle entendait encore et la musique, et les applaudissements, et les cris des spectateurs : tout semblait participer à une fête en l'honneur de son malheur.

Dehors, la neige tombait en rafales. Karine remonta le col de son manteau et, tête baissée, avança difficilement dans la tempête hivernale. Mais le froid et le mauvais temps n'étaient rien en comparaison du déchaînement d'émotions qui l'envahissait. Le froid s'insinuait en elle; plus jamais elle n'aurait chaud, car elle avait perdu Omar.

Où pouvait-il se cacher ? Certainement pas chez son père, trop sévère pour accueillir à bras ouverts ce fils désobéissant. De toute façon, Omar était trop fier pour retourner chez lui.

J'ai été stupide dans toute cette histoire. Pourquoi est-ce que je n'ai pas écouté mon cœur ? Pourquoi est-ce que je fais toujours ce que je pense devoir faire ? se répétait-elle inlassablement. Elle avait perdu le seul homme qu'elle aimait, le seul qui la considérait comme son égale, le seul qui lui permettait d'être elle-même.

Virginie l'avait réconfortée, lui disant qu'il y avait d'autres hommes sur terre. Mais son amie se trompait : seul Omar existait pour elle — et elle l'avait perdu à tout jamais.

Elle hâta le pas et prit un raccourci à travers le parc. Les arbres ployaient sous la force du vent. Leurs branches grises dénudées ressemblaient à sa propre vie : triste et sans beauté. À l'orée du parc, la lumière filtrait à travers les fenêtres des maisons, des lueurs chaleureuses, comme autant d'invitations faites à Karine à venir se réchauffer.

Les saisons se succéderaient : le printemps viendrait, les arbres bourgeonneraient de nouveau, mais Karine vivrait une perpétuelle ère glaciale, toute sa vie durant.

Contournant un étang gelé où les enfants venaient patiner lorsque la glace était suffisamment épaisse, elle eut l'impression d'une présence derrière elle. Inquiète, elle s'arrêta, puis se retourna pour voir la personne qui la suivait ainsi. Mais la neige qui tombait à plein temps l'empêchait de voir distinctement la silhouette qui avançait difficilement. Elle se rapprochait pas à pas. Puis Karine distingua de larges épaules, une chevelure blanchie par la neige : Il ressemblait à un être surnaturel dévoré par une violente passion. Karine n'osait y croire. L'homme, c'était Omar.

Ni l'un ni l'autre ne prononcèrent une parole. Les yeux dans les yeux, ils se regardèrent amoureusement.

Un long moment s'écoula. Puis Omar prononça seulement quelques mots.

— Danse Karine, pour moi.

En extase, les yeux rivés sur Omar, elle s'assit dans la neige, enleva ses bottes et chaussa ses patins, puis se rendit à l'étang. Karine glissa avec grâce sur la glace. Le numéro qu'elle avait tant pratiqué avec Bruno n'était plus l'exhibition de ses talents pour plaire à un public : elle patinait maintenant pour une seule personne. Son art devenait l'expression de son amour pour Omar. De gros flocons tombaient du ciel et le bruit du vent d'hiver soufflant à travers les branches accompagnait la danse de Karine comme aucun orgue n'aurait pu le faire.

Puis elle quitta la glace et alla retrouver Omar qui la regardait avec adoration. Elle prit sa tête entre ses mains et l'inclina vers son visage. Sans un mot, elle posa ses lèvres sur les siennes et l'embrassa avec passion.

Ainsi enlacés, Karine sentit la douce chaleur d'Omar réchauffer son corps. Elle se pressa un peu plus contre lui, comme pour se fondre en lui.

— Je t'aime, murmura Omar. De toute ma vie, jamais je ne t'abandonnerai.

Le visage de Karine rayonnait de bonheur. Les saisons se succéderaient, et Omar et elle seraient toujours ensemble.

— Pourquoi n'as-tu pas participé au gala, ce soir ?

— Comment aurais-je pu être égoïste à ce point? Tu as risqué beaucoup pour moi, tu m'as tout donné.

Il plissa le front.

— Mais tu as perdu toutes tes chances de faire carrière en patinage artistique !

Elle haussa les épaules.

— Bruno n'a pas été honnête avec moi. Il m'a avoué dernièrement que j'étais déjà trop vieille pour être choisie par les « dépisteurs ». J'ai autant de chances de devenir une patineuse professionnelle que tu en as ! Mais, toi, tu as sacrifié beaucoup pour moi, ajouta-t-elle en lui caressant les cheveux.

— Que veux-tu dire ? questionna-t-il en plissant le front.

— Eh bien, ton père, Atika...

Son visage se rembrunit à ces mots.

— Atika a annulé le mariage ! Elle a réalisé que ça ne marcherait jamais entre nous deux. Elle a compris que mon amour pour toi était trop fort et que personne, même pas elle, ne pourrait y changer quoi que ce soit.

— Et ton père...

— Atika a dit à son père qu'elle ne voulait pas de ce mariage. Même s'il n'est pas content de sa décision, il n'annulera pas ses engagements vis-à-vis mon père. Je me suis engueulé avec mon père et je suis parti en claquant la porte. J'ai été réfléchir chez des amis pendant quelques jours.

— Et le match de soccer ? Monsieur Cherkaoui devait être en colère, non ?

— Je lui ai dit que plusieurs joueurs avaient attrapé une mauvaise grippe, et qu'il devait reporter le match.

Karine feignit un certain mécontentement.

— Et moi qui croyais que tu avais ça pour permettre à la femme de ta vie de se donner en spectacle !

Il éclata de rire et la pressa fortement contre lui.

— En aucune façon !

Puis, plus sérieux, il ajouta :

— En vérité, j'en avais l'idée, mais Atika a pris les devants. Je l'aurais fait pour toi, peu importe les risques : perdre mon père, ma promise. L'amour, pour moi, c'est se vouer corps et âme à la seule personne que j'aime et oublier toutes les autres. Voilà ce que je t'offre : Mon amour jusqu'à la fin de mes jours.

— Je t'aime, Omar.

— Je t'aime, Karine. Et si un mariage vient d'être annulé, on pourrait peut-être en prévoir un autre !

Dans cette froide soirée d'hiver, sous la neige qui tombait à gros flocons ouatés, Karine sentit son corps se réchauffer au long baiser d'Omar.

À paraître bientôt dans la collection
Passeport pour l'amour:

Sue Welford

La première fois qu'Étienne vit Isabelle
Auclair, ce fut comme un coup de tonnerre dans
un ciel bleu. Il se trouvait alors dans le station-
nement du collège avec Dan, son meilleur ami. Il
venait tout juste de garer sa motocyclette. Il
replaçait son épaisse chevelure brune avec ses
doigts, car il venait d'enlever son casque.

Dan l'avait remarquée au même moment. Il
avait ouvert grand les yeux et émis un petit siffle-
ment.

— Qui c'est *ça*?

Étienne la regardait toujours, interdit. Son jean
ajusté et son chandail blanc auraient pu paraître
banals sur n'importe qui d'autre, mais portés par
cette fille, ces vêtements prenaient un air princier.
Sa façon de bouger et de ramener ses cheveux
blonds vers l'arrière hypnotisèrent Étienne
instantanément. Elle était sans contredit la plus

belle fille qu'il eut jamais vue. Elle s'entretenait avec un homme qui semblait lui indiquer où se trouvait le pavillon des sciences. Lorsqu'elle fit un geste de tête pour remercier son interlocuteur, Étienne remarqua qu'elle portait des boucles d'oreilles en argent. Puis, d'un mouvement énergique, elle mit son sac sur son épaule. Il la regarda s'éloigner dans la rue Marguerite-Bourgeoys.

Il eut l'envie soudaine et incroyable de courir après elle. Il fallait qu'il sache qui elle était, d'où elle venait. Il eut l'impression qu'il perdait la tête.

— Je ne l'ai jamais vue avant. J'imagine que c'est une nouvelle. Mais en fin d'année, comme ça! s'exclama Dan.

Étienne plaça son casque dans la sacoche de sa moto prévue à cette fin. Puis il regarda encore une fois l'endroit où il avait vu la fille.

— Oui, dit-il d'un air absent, elle doit être nouvelle.

— L'as-tu déjà vue avant?

Étienne fit un signe de tête négatif.

— Non... jamais, murmura-t-il.

— Eh bien, le moins qu'on puisse dire, c'est qu'une fille comme celle-là ne s'oublie pas, affirma Dan en regardant sa montre. Viens, le Vieux Normandeau va être en furie si on arrive encore en retard.

— Tu as raison.

Étienne cligna des yeux et revint tout à coup sur terre. Il était inutile de rêver à une fille pareille. Tout le monde savait que les filles qui étudiaient en sciences ne se mêlaient jamais aux garçons qui fréquentaient le pavillon des humanités. De toute façon, cette fille avait de la classe, c'était évident. Beaucoup de classe. Les vêtements qu'elle portait, ses cheveux, son teint de pêche… Même ses espadrilles semblaient sortir tout droit d'un magazine de mode. Une fille comme elle ne s'intéresserait jamais à un garçon comme lui.

Étienne venait d'une famille peu fortunée et il habitait une maison que sa mère louait de l'Office municipal d'habitation, elle qui, chaque mois, avait toutes les misères du monde à joindre les deux bouts. Et son père était en prison pour fraude… Non, jamais elle ne s'intéresserait à lui.

Dan et Étienne marchèrent rapidement jusqu'à leur local. Ils étaient tous les deux en deuxième année de mécanique.

M. Normandeau, leur professeur, mieux connu sous le sobriquet de «Vieux Normandeau», attendait ses élèves à la porte de l'atelier.

— Ah, Longpré et Larocque! fit-il comme s'il parlait d'un duo d'humoristes. Les derniers arrivés, comme d'habitude.

— On s'excuse, monsieur, dit Dan en faisant une révérance grotesque qui confirma qu'il était bel et bien le clown de la classe.

Les deux garçons s'empressèrent d'entrer et allèrent s'asseoir à leur place respective.

Étienne fut content quand l'heure du lunch arriva finalement. Depuis qu'il avait vu la jeune fille blonde, il avait été incapable de se concentrer sur son travail. Il avait changé les bougies d'une Ford Escort deux fois de suite sans se rendre compte qu'elles n'avaient nullement besoin d'être remplacées. En fait, le travail qu'il avait à effectuer sur cette voiture était tout autre, mais il ne se souvenait pas ce qu'on attendait de lui. Tout ce à quoi il pensait, c'était à cette fille. Son image habitait son esprit tout entier. Il *devait* savoir qui elle était.

À sa grande surprise, il la revit à la cafétéria; il venait de mordre dans son sandwich au fromage quand elle entra avec d'autres filles. Elles prirent chacune un cabaret et attendirent d'être servies. Étienne épia chacun de ses gestes. Elle prit un Coke Diet et un sandwich au thon. Elle tendit l'argent à la caissière, puis resta debout près de la caisse, cherchant des yeux une place pour s'asseoir.

— Hé! Isabelle, par ici!

Le cœur d'Étienne ne fit qu'un bond. Elle s'appelait donc Isabelle. Ce prénom lui allait bien. Il aurait été étrangement déçu si elle s'était appelée Sylvie ou Linda. Oui, Isabelle était un prénom parfait pour elle.

Dan la remarqua au même moment. Elle venait vers eux.

— Regarde, c'est encore cette fille! Elle est vraiment belle, hein? dit-il d'une voix excitée.

— Parle moins fort! lui ordonna Étienne en lui assénant un coup de coude. Elle va t'entendre.

Il continua à la regarder avancer vers eux. Elle tenait bien haut son cabaret pour éviter de le renverser sur quelqu'un. Sa démarche détendue témoignait cependant d'une grande confiance en elle-même. Elle se déplaçait avec la grâce d'une fille qui, enfant, aurait pris des cours de ballet. Elle était très grande et élancée.

Un sourire enchanteur se dessina sur son visage lorsqu'elle arriva près de lui. On aurait dit qu'elle le regardait droit dans les yeux. Ses yeux bleus au regard profond étaient les plus beaux du monde. Son visage ne portait aucune trace de maquillage, exception faite d'une légère couche de rouge sur les lèvres. Elle était encore plus magnifique qu'il ne l'avait d'abord imaginée.

Étienne se sentit rougir. Il ne pouvait rester là à la contempler, la bouche ouverte. Elle penserait qu'il était complètement fou! Il baissa brusquement la tête et prit une bouchée de son sandwich.

Quand il releva la tête, Isabelle avait passé son chemin. Il huma l'odeur de son léger parfum de fleurs; une odeur qui lui rappelait l'été. Isabelle se tenait derrière lui. Selon toute évidence, son sourire ne lui avait pas été destiné. Embarrassé, il espérait qu'elle n'avait pas remarqué qu'il la dévisageait. À bien y penser, il était peu probable qu'elle l'ait vu rougir comme une pivoine. En fait, il espérait de tout son cœur qu'elle ne l'ait pas vu du tout.

Il l'entendit remercier quelqu'un qui tirait une chaise pour qu'elle s'assoie.

Étienne soupira. Son cœur battait encore la chamade. Il passa sa main sur sa mâchoire. De toute façon, il n'aurait pas su comment l'aborder. Il aurait sûrement bredouillé quelque imbécillité, comme il faisait toujours quand il était ému. Il avait fréquenté quelques filles, mais aucune de ses relations n'avaient duré. Il ne savait tout simplement pas quoi dire aux filles. En fait, Étienne était très timide. Il s'était toujours considéré comme un être solitaire, peu enclin à suivre les gens. Il était beaucoup plus à son aise penché sur un moteur ou s'entraînant dans un gymnase que près d'une fille.

— Qu'est-ce que tu as? demanda Dan avec un sourire entendu.

— Rien, marmonna Étienne.

Il froissa l'emballage de son sandwich et écrasa sa canette de Coke d'une seule main.

— C'est faux, dit Dan, perspicace. C'est cette fille... Tu as eu un coup de foudre...

Sur ces quelques mots, Dan enfonça sa casquette sur sa tête et on ne vit plus de ses cheveux noirs que des petites boucles semblables à des ressorts.

— Je peux m'arranger pour qu'elle le sache, si tu veux.

Dan était convaincu que lorsqu'on voulait quelque chose, la meilleure façon de l'obtenir était de l'avouer sans détour — et d'agir.

Étienne, lui, était plus réfléchi. Il prenait le temps de penser avant de passer aux actes.

— Que je te voie... répliqua-t-il en jetant un regard sombre à son ami.

Dan sourit de toutes ses dents.

— Je plaisantais. Mais si tu as envie d'elle, le plus simple, c'est de l'inviter à sortir, non?

Étienne secoua la tête.

— Elle ne me regarderait même pas.

Dan haussa les épaules.

— Ça, je ne sais pas. Tu es plutôt beau garçon, commença-t-il en le regardant fixement. Grand... musclé. Tout cet entraînement ne t'apporte pas que des sueurs. Et puis, il y a tes beaux yeux bruns et ton regard ténébreux...

Étienne éclata de rire.

— Arrête! Tu n'en mets pas un peu trop?

— C'est ma sœur qui le dit!

— Ouais, mais elle a à peine seize ans, ronchonna Étienne qui souriait encore.

— Vrai, répondit Dan en souriant à son tour. Mais l'as-tu vue récemment?

— La semaine dernière, quand je suis passé chez toi.

— Oui, mais l'as-tu vue quand elle est sur son trente-six et qu'elle s'apprête à sortir?

— Non. Ça fait une différence?

— Je te garantis que tu serais surpris.

Étienne en doutait. D'accord, Marie avait seize ans, mais tout ce qu'il voyait en la regardant, c'était la fille efflanquée et rousselée qui, petite, portait des lunettes. Il se souvint qu'il avait l'habitude de la taquiner à ce sujet.

— De toute façon, disait Dan, ta moto te donne une certaine…

— Odeur d'huile? proposa Étienne en levant un sourcil.

Il regarda ses mains, étira ses doigts.

— Des ongles crasseux?

— Non. Les filles aiment les motos. Elles pensent que ça ajoute à la virilité d'un homme.

— Eh bien, je n'en ai vue aucune qui faisait le pied de grue devant chez moi.

— Non… heu… fit Dan en haussant les épaules. On ne sait jamais. Tu pourrais être celui qu'elle attend depuis toujours.

Peu probable, pensa Étienne. Il avait toujours été bon juge. Il était donc impossible que cette fille soit attirée par les motos. Elle serait plutôt du genre à fréquenter des fils à papa bourrés d'argent et conduisant des voitures sport. Et comme il ne possédait ni argent ni voiture sport, et qu'il ne voyait pas le jour où ce serait le cas, il résolut qu'il ferait mieux d'oublier qu'il avait posé les yeux sur elle.

N° 1 — *French Kiss*

Studieuse, Julie a toujours été une fille
«raisonnable». Les garçons, elle les laisse à
Christine et à Alexandra.

Quand Jean-Luc, le nouveau professeur de français,
arrive au collège, il devient la coqueluche de toutes
les filles. À priori, il n'est pas tellement du genre à
intéresser Julie. Mais elle ne peut finalement pas
s'empêcher d'en tomber amoureuse…

Bientôt, Julie et Jean-Luc se trouveront impliqués
dans une histoire qu'ils n'auraient osé imaginer.
Leur amour pourra-t-il survivre aux nombreux
obstacles qui se dresseront sur leur chemin? Ou est-
il voué à l'échec? L'amour peut être à la fois si simple et si compliqué…

N° 2 — *Pleins feux sur l'amour*

Stéphanie a peine à croire sa chance quand elle est
appelée à remplacer la divine Catherine dans une
nouvelle comédie musicale. D'autant plus que le
premier rôle masculin est tenu par un jeune et
séduisant acteur australien.

Mais Stéphanie finira par se rendre compte que
l'acteur ne fait que jouer avec ses sentiments. Et
aussi, que c'est de son meilleur ami, Sébastien, dont
elle est réellement amoureuse.

Mais que ressent Sébastien pour elle? En est-il
amoureux? Ou est-il satisfait de leur relation amicale? Stéphanie doit gagner son cœur à tout prix.
Autrement, l'amour attendra éternellement en
coulisses…

N⁰ 3 — *Embrasse-moi, idiot!*

Joëlle est timide, sérieuse et ambitieuse. Tout comme ses amies Béa et Marjorie, elle est convaincue que les garçons ne sont qu'une perte de temps. Elles concluent donc un pacte: elles seront éternellement jeunes, libres et célibataires.

Mais Joëlle rencontre Guillaume, son premier amour, alors que Marjorie s'éprend de Jazz et le fréquente en secret. Leur pacte semble tout à coup ridicule — comment résister à de tels sentiments, à de telles sensations?

Guillaume est-il réellement celui qu'il faut à Joëlle? Et comment se fait-il que Béa passe autant de temps avec le copain de Marjorie? Les trois amies auraient-elles dû s'en tenir à leur première idée?

N⁰ 4 — *À toi, désespérément*

Pour Caroline, cette rencontre constitue un rêve devenu réalité. Lui, si beau, si séduisant et si mature… comment peut-il s'intéresser à elle?

Mais Caroline a un problème: elle perd tous ses moyens quand elle est en compagnie de Stéphane. Elle a l'impression de faire des gaffes et d'être irrécupérablement gauche.

Il passe son temps à lui dire qu'elle a besoin qu'on s'occupe d'elle et il critique sa façon de chanter… En un mot, il la dénigre continuellement, tout en lui disant qu'il l'aime.

Caroline est désespérément amoureuse de Stéphane. Mais la laissera-t-il un jour être elle-même?

Nº 5 — Nuit blanches

Certains diraient qu'il ne manque qu'une chose dans la vie d'Annie: un *chum*. Mais Annie est tellement absorbée par ses cours de ballet qu'elle n'a pas le temps de tomber en amour.

Du moins, c'est ce qu'elle pense jusqu'à ce que Alexei entre en scène. Elle se sent alors irrésistiblement attirée par le jeune danseur russe. Et il semble que cela soit réciproque.

Mais quelque chose — ou quelqu'un — empêche Alexei de se rapprocher d'Annie. Parviendront-ils à vivre leur amour?

Nº 6 — Double Vie

Valérie sait qu'elle est chanceuse. Son *chum*, Jonathan, a tout pour lui plaire: il est beau, attentionné et sensible. Et même après deux ans de fréquentation, ils s'aiment comme au premier jour.

Mais Valérie rencontre Frédéric. Il a tant de charme, qu'il est difficile de lui résister, même si elle est encore amoureuse de Jonathan. Une seule sortie avec Frédéric ne peut pas nuire à sa relation… surtout si personne le sait…

Il faut bien peu de temps pour que Valérie ait un énorme problème sur les bras. Ses sentiments pour Frédéric deviennent si profonds qu'elle recherche constamment sa compagnie. Mais, si elle quitte Jonathan, elle a l'impression qu'elle perdra une partie d'elle-même.

Qui Valérie choisira-t-elle? Jonathan? Frédéric? Jonathan *et* Frédéric?